PERGUNTAS
sem
RESPOSTAS
UM LIVRO PARA QUEM NÃO TEM CERTEZAS

Editora Appris Ltda.
1ª Edição - Copyright© 2024 do autor
Direitos de Edição Reservados à Editora Appris Ltda.

Nenhuma parte desta obra poderá ser utilizada indevidamente, sem estar de acordo com a Lei nº 9.610/98. Se incorreções forem encontradas, serão de exclusiva responsabilidade de seus organizadores. Foi realizado o Depósito Legal na Fundação Biblioteca Nacional, de acordo com as Leis nºs 10.994, de 14/12/2004, e 12.192, de 14/01/2010.

Catalogação na Fonte
Elaborado por: Josefina A. S. Guedes
Bibliotecária CRB 9/870

N518p
2024
	Neves, Ralph
	    Perguntas sem respostas: um livro para quem não tem certezas / Ralph Neves. – 1. ed. – Curitiba: Appris, 2024.
	    197 p. ; 23 cm.
	
	    Inclui referências.
	    ISBN 978-65-250-5647-0
	
	    1. Ficção brasileira – Miscelânea. 2. Felicidade. I. Título.
	
	                                                              CDD – B869.8

Appris
editora

Editora e Livraria Appris Ltda.
Av. Manoel Ribas, 2265 – Mercês
Curitiba/PR – CEP: 80810-002
Tel. (41) 3156 - 4731
www.editoraappris.com.br

Printed in Brazil
Impresso no Brasil

Ralph Neves

PERGUNTAS
sem
RESPOSTAS
UM LIVRO PARA QUEM NÃO TEM CERTEZAS

Appris
editora

FICHA TÉCNICA

EDITORIAL	Augusto Coelho
	Sara C. de Andrade Coelho
COMITÊ EDITORIAL	Marli Caetano
	Andréa Barbosa Gouveia (UFPR)
	Jacques de Lima Ferreira (UP)
	Marilda Aparecida Behrens (PUCPR)
	Ana El Achkar (UNIVERSO/RJ)
	Conrado Moreira Mendes (PUC-MG)
	Eliete Correia dos Santos (UEPB)
	Fabiano Santos (UERJ/IESP)
	Francinete Fernandes de Sousa (UEPB)
	Francisco Carlos Duarte (PUCPR)
	Francisco de Assis (Fiam-Faam, SP, Brasil)
	Juliana Reichert Assunção Tonelli (UEL)
	Maria Aparecida Barbosa (USP)
	Maria Helena Zamora (PUC-Rio)
	Maria Margarida de Andrade (Umack)
	Roque Ismael da Costa Güllich (UFFS)
	Toni Reis (UFPR)
	Valdomiro de Oliveira (UFPR)
	Valério Brusamolin (IFPR)
SUPERVISOR DA PRODUÇÃO	Renata Cristina Lopes Miccelli
ASSESSORIA EDITORIAL	Daniela Nazario
REVISÃO	Rafaela Mustefaga Negosek
DIAGRAMAÇÃO	Renata Cristina Lopes Miccelli
CAPA	Eneo Lage
REVISÃO DE PROVA	Jibril Keddeh

A todas as pessoas que durante a pandemia de covid-19
vivenciaram os piores sentimentos, da angústia
e do medo à perda de um ente querido.

AGRADECIMENTOS

À editora Appris, pela oportunidade, acolhimento e presteza em todas as etapas da publicação desta obra.

Aos meus professores de Língua Portuguesa e Redação, pelo constante incentivo à produção de textos e poesias.

À amiga Renata Sampaio, pelo afeto e disponibilidade. Minha eterna gratidão!

Ao amigo Daniel Maia, pela costumeira solicitude, competência e parceria nos desafios.

Aos meus pais, que diante de todas as dificuldades oportunizaram meus estudos.

À minha esposa Talitha, pela paciência nas escutas e leituras, e pelo companheirismo na caminhada. Te amo!

Quando a gente acha que tem todas as respostas, vem a vida e muda todas as perguntas.

(Luis Fernando Veríssimo)

PREFÁCIO

Recebo do amigo Ralph Neves a honrosa missão de dialogar, neste prefácio, com as ideias do livro que agora está nas mãos dos leitores. Hesitei sobre quais principais aspectos das inúmeras reflexões trazidas aqui deveriam ser colocados em destaque. O título do livro já é, por si só, um evento e uma provocação: em pleno século XXI, em que presenciamos uma confluência revolucionária de mudanças tecnológicas, tempo de promessas de métodos infalíveis, de fórmulas mágicas e respostas prontas para tudo, considero atitude demasiado ousada escrever um livro de *Perguntas sem respostas: um livro para quem não tem certezas.*

Sempre enxergo como corajoso quem escreve e quem entrega o que produz ao conjunto da sociedade, numa obra geralmente reveladora de seu protagonista, de seus passos e descompassos, de suas intenções e propósitos. Por meio desta coletânea, o autor traz sua autenticidade à tona, e, com seu apetite voraz pelas perguntas, característica essencial dos curiosos, recusa-se a aceitar passivamente a tradição que "diz que é assim porque sim". Não se trata, portanto, de encontrar respostas, mas de jogar luz, de forma consciente, sobre a necessidade de um *estado de presença.*

Como se entrevê, o universo discursivo do livro é vasto em reflexões, uma vez que explora uma multiplicidade de temas, como: a vida em sociedade; o papel de instituições educacionais, religiosas e familiares; os relacionamentos pessoais e profissionais, bem como os sentimentos e comportamentos deles decorrentes, tais como empatia, admiração, preconceito, amizade e amor; as crenças ou motivações, desejos e necessidades; o valor que atribuímos à família, a líderes e ídolos. Os textos são atravessados por alusões, críticas, não ditos e ditos sobre justiça, ciência, espiritualidade, reflexões filosóficas acerca dos perigos da "pseudofelicidade" propagada pelas mídias digitais, do "jeitinho brasileiro" de ser, da lógica capitalista e efeitos da globalização e utilitarismo na sociedade contemporânea, bem como indagam nossas posturas diante do envelhecimento, da voracidade do tempo ou do sabor amargo da derrota.

Nesse sentido, "Rabiscar sobre as coisas do tempo", nas palavras de Carlos Drummond de Andrade, é expressão adequadíssima para aludir aos escritos em comento, que foram realizados no auge da pandemia de covid-19, nos atípicos anos 2020 e 2021, em meio a restrições, distanciamentos, exercícios de resiliência e ressignificação de tudo e de todos. Assim, a constatação de que habitamos um lugar repleto de indagações sem respostas, ou de respostas plurais, faz pulsar nas páginas deste livro um escancarado incômodo ou uma fina ironia, ao contemplar as indigências, as desigualdades, a hipocrisia humana: "Estamos no mesmo barco?", "Quando vamos tirar as máscaras?", "O que mudou na pandemia?". Aqui, parece que temos uma resposta: "Continuaremos cada vez mais egoístas e hedonistas, buscando a qualquer custo satisfazer as nossas vontades [...] Permaneceremos com as mesmas atitudes, os mesmos desejos e mesquinhez [...] Nada mudou e nem vai mudar!".

Independentemente do tom de voz adotado, as percepções corriqueiras do cotidiano não fogem do perspicaz olhar do autor. Sua linguagem se constrói pela observação sagaz dos detalhes, como em "Para que servem as gavetas?". A potência das perguntas guarda em si pequenos achados ou grandes revelações: "O novo te assusta?", "Por que escolhemos o mesmo lado?", "Por que gostamos de rotinas?". É, não se trata de uma "verdade incontestável", mas nos parece que "mudar dói" e, por isso mesmo, propõe-se um novo olhar para a mudança.

Ao leitor inabitual fica a advertência: alguns conceitos, antes aprisionados nas cadeias de definições fechadas, passam a ser repensados como categorias abertas e dinâmicas de um pensamento novo e complexo. Nesse sentido, recupera-se a dúvida fundamental que abre sempre a mente à investigação. Questionamos nossos eternos "achismos" suscitados pela narrativa de uma simples indecisão de comprar ou não um micro-ondas. Somos convidados a indagar quais são as nossas crenças ou o alvo de nossas preocupações, a desatar os nós, a exercitar a virtude da paciência, a pensar o papel da vaidade, a refletir o que seria considerado um absurdo, sobre a importância de se fazer o que gosta, de desapegar-se das coisas supérfluas. Propõe-se um brinde à tristeza, à "não procura" da felicidade, defendida em "É possível ser feliz?", "Por que temos medo de ser felizes?" ou "Onde está a felicidade?".

Nesse movimento de capturar o miúdo, o autor traz à luz o essencial daquilo que seria desimportante, e o faz de forma descompromissada. Portanto, sua escrita breve contrasta com a magnitude do alcance que produz. Ao mesmo tempo que trazem amenidades, alguns textos desequilibram muitas de nossas certezas mais arraigadas. Entre os títulos que mais me provocaram faíscas na cabeça estão: "Você conhece a sua história?", "O que seu espelho tem refletido?", "Qual o seu problema?" e "Quando você morreu?" A esses chamei de "perguntas-bofetada", e a denominação é autoexplicativa, pois dispensa pormenores.

Cumpre destacar, ainda, que a tessitura de *Perguntas sem respostas* também abriga o *outro*. Não se pode desconsiderar a presença de um coro de vozes de filósofos, desde Sócrates, Platão, Aristóteles, Santo Agostinho, Epicteto, Heráclito, Sartre, Sigmund Baumann a Rubem Alves; dos clássicos universais Shakespeare e Esopo; dos poetas brasileiros Carlos Drummond de Andrade, Mário Quintana, Vinícius de Moraes; do escritor português José Saramago e do chileno Pablo Neruda, entre vários outros nomes, com quem se estabelecem estreitas conexões.

Ainda em consonância com o *outro*, o diálogo direto empreendido com o leitor traz diversas lições, alertas, conselhos e provocações; contudo, sem didatismo ou tom professoral. Se há um ensinamento, esse não ecoa de quem diz eu, mas desses tantos outros que habitam o viver singular do autor. Assim, encontramos reflexões e provocações que partem de distintos lugares, gêneros e modalidades textuais: músicas, tais como "Aquarela", de Toquinho, de muitos provérbios, versículos bíblicos, trechos de romances, fábulas e ditados populares diversos, do *Carpe diem* horaciano, e de inúmeros outros textos de escritores clássicos e contemporâneos, marginais ou canônicos, o que nos revela a "paixão de leituras" do autor deste livro.

Por várias perspectivas, Ralph Neves recolhe dos escombros, dos (des)afetos, das lembranças e vivências os motivos que forjam seus textos, apontando, assim, para a paradoxal experiência que é *estar no mundo*. Temos, aqui, um inventário extenso de questionamentos que retratam não só as coisas do tempo, mas também um modo de existir, de maneira que as coisas do tempo se confundem com as coisas da própria vida, matéria e razão do texto.

No que diz respeito à *escrita de si*, definitivamente, não se pretende fugir desse encontro ao dialogar com várias vozes; pelo contrário, o autor a empreende talvez buscando uma descoberta ou apenas um flerte com as expectativas de ser, como em "Por que gosto do Rio de Janeiro?" ou "Por que estudar Administração?", nos quais os dados biográficos, sutil ou explicitamente, figuram de maneira incontestável.

Em "Por que os nossos sonhos mudam?", por exemplo, há reflexões profundas decorrentes do encontro do homem maduro do presente com sua criança interior, o menino de outrora que queria ser jogador de futebol, mas não se frustra por não ter o sonho realizado, porque entendeu o *jogo da vida*. Por meio dessas ilações, o autor faz um apelo para assumirmos o protagonismo de nossa vida por meio da busca do autoconhecimento.

Com os textos desta obra em mente, finalizo este prefácio com a seguinte constatação, retirada de "O que a vida precisa ter para ser boa?". Ei-la: "Quando fazemos perguntas esperamos respostas. Respostas que nos satisfaçam. Que nos façam entender, compreender, solucionar. Assim é a vida". Nessa perspectiva, a leitura de *Perguntas sem respostas: um livro para quem não tem certezas* convoca-nos ao resgate da porção de infância que ainda nos habita. Adotemos a postura curiosa das crianças diante da vida e pratiquemos mais os porquês, por meio das reflexões que libertam e conectam o pensar, o sentir e o agir, ações essas há muito afrouxadas e fragmentadas pelo peso da rotina.

Setembro/2023

Renata Maurício Sampaio

Doutora em Estudos de Linguagens/Tecnologias e Processos Discursivos (CEFET-MG) Mestra em Estudos Literários– Universidade Estadual de Montes Claros (Unimontes)
Especialista em Linguística aplicada ao ensino do Português(Unimontes)
Bacharela em Direito e licenciada em Letras/Português (Unimontes)
Servidora Pública Federal, lotada no Instituto Federal de Educação, Ciência e Tecnologia do Norte de Minas Gerais (IFNMG) Campus Pirapora, no cargo de Professor do ensino básico, técnico e tecnológico.

APRESENTAÇÃO

No dia 17 de março de 2020 recebi junto de meus colegas de trabalho um comunicado nos informando que a partir do dia seguinte realizaríamos nossas atividades laborais de dentro de nossas casas. Motivo: início da pandemia de covid-19. A impressão que tínhamos era de que esse comunicado era provisório e que talvez em uma ou duas semanas estaríamos de volta ao trabalho. Ledo engano! Certamente estava entrando num dos piores momentos da minha vida, não só eu, mas grande parte da humanidade, e nem nos dávamos conta disso.

Coincidentemente, em janeiro de 2020 iniciei o processo de publicação do meu livro pela editora Appris, *O desenvolvimento de Pirapora às margens do Velho Chico*, que foi publicado no mês de outubro do mesmo ano. Com a pandemia, a divulgação só pôde ser realizada pelas redes sociais.

Como a maioria das pessoas, acredito eu, fiquei sem rumo e de forma um tanto desconexa passei a trabalhar em horários variados. Às vezes algumas demandas chegavam pela manhã, outras à tarde, mas nunca nos mesmos horários. O tédio tomou conta e me vi meio perdido, sentindo-me improdutivo e assistindo de modo assustado a todos os noticiários sobre a pandemia: proibições, mortes, isolamentos, enfim, tudo quanto era notícia ruim.

O tédio despertou inicialmente em mim a melancolia, e em seguida a necessidade de agir, e agir para mim, na maioria das vezes perpassava pelo ato de escrever. Penso que por meio da escrita consigo desabafar, expor algumas opiniões, ideias, tentar me entender, se é que isso é possível. Detalhe: não escrevo só quando estou entediado, mas esse sentimento me obriga, até certo ponto, a externar tudo aquilo que está me incomodando.

Decidi então a criar um blog e nele escrever *posts* sobre assuntos diversos. Como sou um curioso contumaz, decidi fazer algo que pudesse responder às minhas dúvidas. As perguntas sempre são mais importantes que as respostas. E eu tinha (e ainda tenho) tantos questionamentos que busquei as respostas de modo a compartilhar com os leitores e seguidores as informações e conhecimentos ali envidados. E acabei criando ali, naquele site, um lugar para quem não tivesse certezas, somente dúvidas...

Ao todo foram 125 textos (*posts*) publicados, com uma lauda cada, para que a leitura não fosse cansativa e o tema escolhido gerasse outras dúvidas, críticas, despertando em cada leitor sentimentos que pudessem gerar algum tipo de reflexão, que acalmassem o coração, mas que incomodassem também, germinando pensamentos, questionamentos e as mais diversas reações.

O primeiro texto do blog foi publicado em 20 de abril de 2020, com o título *É possível ser feliz?* E o último *Por que não podemos ter tudo que queremos?* No dia 23 de fevereiro de 2021. Se consideramos o número de acessos, leitores e seguidores, certamente o blog não foi um *case* de sucesso, não transformou a vida de ninguém (não que eu saiba); no entanto, foi um santo remédio para a minha saúde mental, que assim como a de tantos brasileiros foi imensamente afetada.

Ressalto que os textos presentes neste livro não foram alterados. Algumas respostas em minha cabeça mudaram, outras perguntas surgiram, contextos foram ressignificados, mas o que vale mesmo é a essência, é a dúvida, é a pergunta, é o despertar pela curiosidade. Essa permanece e continua gerando em mim o desconforto da dúvida, a incerteza, o anseio pela resposta.

É oportuno dizer que as respostas e as perguntas são minhas. O leitor pode concordar ou não. Certamente ele fará as suas próprias perguntas e encontrará (ou não) as respostas, umas diferentes, outras semelhantes, mas serão sempre dele, individualmente.

Findada a pandemia, quase dois anos depois decidi publicar os textos. Compartilhar sentimentos, ideias, opiniões, dúvidas e respostas (passíveis de mudanças). O livro é uma forma não só de divulgar o meu escrever, mas de dividir dores e alegrias, de lembrar a cada instante de que somos humanos, e de que mesmo divergindo continuaremos vivendo e sofrendo, sempre com perguntas, mas nem sempre com respostas.

Certamente *Perguntas sem respostas* despertará no leitor uma série de sentimentos, alguns deles adormecidos, afinal de contas o livro toca em temas polêmicos e perguntas que nem sempre estamos dispostos a discutir. Inquietante em diversos momentos, aconchegante em outros, os textos aqui expostos vão alterar, de alguma forma, o emocional de quem estiver disposto a realizar essa viagem, uma viagem, aliás, que nunca terminará, afinal a busca pelo conhecimento ou pelas respostas é sempre infinita!

Boa leitura!

SUMÁRIO

É possível ser feliz? 23

Como saber que fiz a escolha certa? 24

Para que servem as gavetas? 25

Por que gostamos de rotinas? 26

Você prefere ser ponte ou muro? 27

Perdoar é esquecer? 29

Você já foi minoria? 30

É bom Receber elogios? 31

Quais são as suas crenças? 32

Verdade ou mentira? 33

Em qual fase da vida você está? 34

Com o que você se preocupa? 35

Quem é o outro? 36

O novo te assusta? 37

De quanto tempo você precisa? 38

Por que os casamentos não duram mais? 39

O que nos guarda o futuro? 40

O que te faz sofrer? 41

Existem almas gêmeas no amor? 42

Por que escolhemos o mesmo lado? 43

O que vale mais: talento ou esforço? 44

Por que não somos livres? 45

Estamos no mesmo barco? 47

Quanto vale a sua opinião? 48

Empresas são boas ou ruins? 49

Você já errou? 50

Qual a melhor forma de viver? 51

De que é feito o mundo? 52

Onde está Deus? 53

Como estamos evoluindo? 54

Estamos sempre achando? 56

Vamos brindar a tristeza? 57

Onde está o bandido? 58

Quem desdenha quer comprar? 59

Vamos desatar os nós?..61

O que esperar dos outros?..62

Estamos preparados para envelhecer?........................63

As aparências enganam?...64

As pessoas são boas ou más?......................................65

O que é um absurdo?..67

Quanto vale a sua família?..68

Mundo ideal ou mundo real?......................................69

Onde está a motivação?...70

Precisamos de líderes?..72

Vivemos num mundo padronizado?.............................73

O que é o amor?...75

E quando o fracasso bater à sua porta?......................76

Você faz o que gosta?..77

O que é preciso para ser um bom professor?..............78

Você é de direita ou de esquerda?..............................79

Qual caminho seguir?...81

Por que gostamos de sofrer?......................................82

Você é colaborador ou empregado?............................83

E quando chegar o fim?..85

Por que praticar o desapego?.....................................86

Por que os nossos sonhos mudam?.............................88

Quando vamos tirar as máscaras?..............................90

Quem quer ser pobre?..91

Quando você será o(a) protagonista?.........................92

Qual é o contexto?...94

Você é feliz no trabalho?..95

Por que as pessoas furam as filas?.............................97

Por que gosto do Rio de Janeiro?...............................99

Para que serve a paciência?.......................................100

O que é qualidade?..101

Onde não está a felicidade?..103

Quando será o seu velório?...104

Quem é invejoso(a)?...105

O que mudou na pandemia?.......................................107

A culpa é de quem?..109

O que há em comum entre a academia e o salão de beleza?........110

O que é estudar?..112

Por que transformar desejos em necessidades?......113
Quem é racista?......115
Por que estudar Administração?......117
O que é pseudofelicidade?......118
O que é respeito?......120
Por que buscamos definições?......121
Você se importa com os detalhes?......123
Por que mudar o outro?......124
Para que servem as derrotas?......126
Por que temos medo de ser felizes?......127
Quando tomar uma decisão?......129
O que é preciso num relacionamento amoroso?......130
O que é empatia?......132
Por que é preciso ser diferente?......133
Por que nos decepcionamos?......135
O que há entre os extremos?......137
O que aprendemos com os jardins?......138
O que é melhor: o ser, o ter ou o estar?......140
O que está nas entrelinhas?......141
O que é o tédio?......143
O que esperar das eleições?......144
Por que não caminhamos sozinhos?......146
Qual é o seu problema?......147
Sua vida é um conto de fadas?......149
Quando as pessoas mudam?......150
Precisamos ter mais ousadia?......151
Você conhece a sua história?......152
Por que somos incoerentes?......154
A vida começa aos 40?......155
Quem são seus inimigos?......157
Por que não dizemos não?......159
O que aprendi com o marketing?......160
Dúvidas ou certezas?......162
Formei. E agora?......163
O que esperar do Natal?......165
E quando o sonho não foi realizado?......166
O que esperar do ano novo?......168
Onde está o sucesso?......169

Por que não vivemos a nossa vida?....................................170

Por que o silêncio é importante?.....................................172

O que o seu espelho tem refletido?...................................173

Por que vivemos tão estressados? 175

Ter ou não ter vaidade? 176

Quando menos é mais?..177

Agir, reagir ou esperar?...179

Quem é ridículo(a)? 180

Por que amar é tão difícil?..182

Você faz a sua parte?...183

A justiça existe?..185

O que é a paz?...186

Por que desistimos?..188

Por que não podemos ter tudo que queremos?.....................189

O que a vida precisa ter para ser boa?..............................191

REFERÊNCIAS 193

É POSSÍVEL SER FELIZ?

Começo dizendo que "não"!

Ser feliz não é para quem quer ser, e sim para quem não se importa com a felicidade. O mesmo vale para o sucesso, afinal para muitas pessoas ter sucesso é sinônimo de felicidade.

Não é possível ser feliz num mundo repleto de desejos. Sócrates dizia que "o desejo é a falta"[1]. Se realizo meu desejo, ele não mais me falta, e se não me falta, não é mais um desejo. Passo então a desejar algo novo...e assim segue a vida.

Para as pessoas, felicidade é sinônimo também de posse, de propriedade, seja de bens materiais, seja de pessoas. "Só consigo ser feliz ao lado de fulano", diria a namorada ciumenta e possessiva. "Se eu tivesse aquele carro, minha vida seria mais feliz". Se fosse tão simples assim, ricos nunca suicidariam, não seriam depressivos, afinal de contas se o ter é tão fundamental no projeto de vida feliz...

Não é possível ser feliz vivendo a vida dos outros. Não é possível ser feliz vivendo uma vida padronizada, que não seja minha, e sim de uma sociedade que me sugere um estilo ou um modelo de felicidade. É impossível ser feliz não sendo você mesmo, já que você é único e não existe ninguém igual a você.

Alguns vão me chamar de pessimista, outros mais ofensivos dirão que sou mal-amado ou que estou de mal com a vida. Compreendo a todos, mas ser feliz não é para qualquer um!

É por isso que termino o texto dizendo que, "sim", é possível ser feliz!

No momento em que você se reconhecer como um ser finito e insignificante, e compreender que a felicidade está dentro de você e não mais nas coisas e nas pessoas, talvez você comece a entender um pouco o que é ser feliz.

É como muitos dizem "a felicidade não está no destino e sim na viagem". Por isso digo, continue o seu caminho ou a sua viagem, mesmo não sabendo ao certo aonde vai chegar. Eu não sou feliz, porque ainda não conheço o caminho, mas também não estou preocupado

---

[1] PLATÃO. *Apologia de Sócrates e banquete*. São Paulo: Martin Claret, 2002.

em encontrá-lo! Talvez essa minha "não procura" seja um indício ou uma luz para que eu encontre essa tal felicidade...

COMO SABER QUE FIZ A ESCOLHA CERTA?

Antes de responder a pergunta, é preciso fazer outra: o que é certo ou errado?

Todos os dias fazemos escolhas em nossas vidas, da roupa que vamos vestir para ir ao trabalho até mesmo se queremos continuar nesse trabalho. E aí surge a tensão, a angústia, o sofrimento. Decidir!

O *cis* da palavra decisão já mostra a importância de tomá-la: cortar. Quando tomo a decisão, corto algo em benefício do restante que deve ser melhor. Jogo fora uma parte e permaneço com a outra. Decidir é isso! Fazer escolhas, optar por um e não pelo outro.

A escolha tem muito a ver com o seu estilo de vida, com auto-conhecimento, com quem você é, o que pensa, o que você (e não os outros) acredita ser importante na vida. É mais ou menos assim: eu escolho morar num apartamento pequeno em vez de morar numa casa com jardim, porque viajo muito, porque não gosto de receber as pessoas em meu lar, porque tenho poucos móveis, porque para mim menos é sempre mais. Pronto! Tomei a decisão de acordo com o meu estilo de vida, conforme as minhas necessidades.

Antes de continuar a ler o texto, tente compreender o seguinte: o que é certo para mim pode não ser certo para você. Simples assim! Dessa forma, escolher exige opções e entre elas talvez apenas uma seja possível. Veja o exemplo: alguém recebeu uma proposta profissional excelente, mas deverá morar em outra localidade, deixando a família e amigos. Qual a escolha?

Quando você se conhece, mesmo não sendo uma boa pessoa (e você nunca vai aceitar isso), já sabe a decisão que será tomada. Ora, se o dinheiro é importante para mim, se meu lado profissional é mais relevante que o pessoal, certamente aceitarei a proposta. O que pesa então? A opinião dos outros. Mas quem são os outros? O quão eles são importantes para mim? Mais uma vez as respostas são suas, estão dentro de você.

Mais importante que a escolha são as atitudes após ela ser feita. O seu comprometimento com aquilo que decidiu vai te trazer a certeza da decisão tomada. Esqueça, retire do seu dicionário a partícula "se", pois ela não existe. Se você tivesse escolhido outro caminho, certamente as dúvidas também estariam pairando sobre sua cabeça.

Por fim, entenda que você deve se sentir abençoado por poder fazer escolhas, sejam elas boas ou ruins. Agradeça todos os dias por ser livre!

PARA QUE SERVEM AS GAVETAS?

"Para guardar coisas", responderia o mais apressado. Se a pergunta tivesse apenas uma resposta, o texto acabaria aqui e não teria sentido refletir sobre gavetas, ou sobre coisas.

Contudo, o problema não são as gavetas, tampouco as coisas, mas a nossa ação de guardar. Abra uma gaveta de sua cômoda, do seu criado, do seu guarda-roupas e verá que há sempre algo nela: coisas, papéis, objetos, roupas, e talvez algo de que nem se lembrava mais.

Quando abrimos as gavetas, muitas vezes nos deparamos com objetos estranhos, que parecem não fazer mais sentido, sem uso, utilidade ou qualquer importância. Então voltamos no tempo e revemos esses objetos quando ainda nos eram úteis ou significavam algo relevante em nossas vidas.

Neste momento alguém encontrou uma avaliação da época de faculdade e viu uma nota 10 no papel. Sorriu. Lembrou-se de quando foi feliz ao realizar aquele teste, do quanto foi elogiado(a), dos professores, da turma, das aulas, dos bons momentos...A memória foi despertada e certa nostalgia apareceu, afinal de contas aquilo era passado e as vitórias de ontem não apagaram o fracasso de hoje. Um acadêmico excelente, um profissional medíocre?

O comprovante da conquista é então novamente recolocado na gaveta, para que futuramente as reminiscências retornem, trazendo consigo a falsa esperança de que algo vai mudar.

Do outro lado da cidade, outro alguém abre sua gaveta e nela encontra uma blusa, que parece ter o cheiro de alguém especial, ainda que racionalmente saiba que o cheiro está na sua mente e não na roupa. A blusa está lá, intacta, assim como os brincos, os sapatos e as fotos. Todos guardados cuidadosamente, como se esperasse uma visita ilustre. Mas ela não vem!

As gavetas são assim, cheias de coisas e de sentimentos, mas vazias de atitudes.

Não gosto de gavetas! Elas guardam o nosso passado!

POR QUE GOSTAMOS DE ROTINAS?

"Saia da rotina" ou "Mude de vida" são as frases preferidas de alguns palestrantes e escritores que tentam trabalhar a motivação das pessoas. Como se fosse fácil acordar um belo dia e dizer: "Hoje vou mudar de emprego" ou "A partir deste momento serei outra pessoa". O máximo que você vai conseguir mudar no mesmo dia é o seu visual, pintando ou cortando o cabelo, ou quem sabe se vestindo de modo diferente do habitual.

Não mudamos porque, na maioria das vezes, isso vai nos trazer um grande gasto de energia. Como digo há muito tempo, "mudar dói", e nós não gostamos de sofrer. Para quem já mudou de casa, por exemplo, sabe o quão ruim é mudar, mesmo sabendo que vai ser para um bairro melhor, um apartamento mais amplo ou mesmo uma cidade maior. Quando você pensa em mudar, de imediato surgem: a pintura da casa antes de entregá-la, o preço do frete para realizar a mudança, o cansaço em desmontar tudo, seus bens danificados durante o trajeto, seu cansaço em montar tudo de novo, adaptar-se ao novo espaço, aos vizinhos etc., etc., etc. A rotina é bem melhor. Por isso, prefiro continuar morando aqui!

Imagine que você trabalhasse em cinco empresas diferentes durante a semana (consultoria, por exemplo). Na segunda-feira seria um caminho para chegar ao trabalho, na terça outro, na quarta você teria que acordar mais cedo, pois a distância é maior, na quinta seria numa cidade vizinha, na sexta você poderia ir a pé. Isso sem falar nas pessoas diferentes em cada empresa, nos problemas, nos horários. Enfim, viver todo dia algo diferente não é muito agradável, pelo menos para a maioria.

O que a gente gosta mesmo é de rotina. Dá menos trabalho! O mesmo caminho, o mesmo horário, o mesmo chefe, os mesmos colegas, o mesmo horário para lanchar e para almoçar. Aí se a rua pela qual você passa está interditada, se o pneu do seu carro fura, se o seu chefe foi demitido, você perde o rumo, fica à deriva e muitas vezes de mau humor.

Se você até aqui não se convenceu de que a rotina é mais interessante que a mudança, pense porque você frequenta sempre o mesmo supermercado, o mesmo salão de beleza ou o mesmo consultório médico. Porque no supermercado você já sabe onde estão localizados todos os itens de sua necessidade. Porque no salão de beleza as funcionárias já conhecem os seus gostos. Porque o médico já te conhece, principalmente as suas doenças. Tudo fica mais fácil ou menos cansativo...

Como se pode ver, mudar dá trabalho, consome calorias e traz sofrimentos!

No entanto, aviso que este texto não é uma apologia da rotina e sim a proposta de um novo olhar para a mudança.

VOCÊ PREFERE SER PONTE OU MURO?

Certo dia me fizeram essa pergunta, e eu respondi que preferia ser muro. Eu era muito novo e não sabia quase nada da vida. Hoje continuo não sabendo, mas escolhi ser ponte.

Achava que ser muro era bom, afinal de contas o muro é forte, duro, quase sempre intransponível. Descobri com o tempo que ser muro não é bem assim. O muro impede as pessoas de passarem, de conhecer o outro lado, protege quem está dentro, mas discrimina quem está fora.

Muitos de nós já fomos "muros" em alguns momentos da vida. Com o nosso olhar perfeito, enxergamos a vida sempre do mesmo jeito, ou seja, do nosso jeito. Impedimos que os outros cresçam, que sigam seus próprios caminhos. E se alguém coloca um portão no muro, logo encontramos a chave e o fechamos para que ninguém saia e conheça algo novo.

Quem está dentro não pode sair, e quem está fora não pode entrar. A ideia é não relacionar. Para que conhecer mais pessoas, gente nova, fazer amigos e descobrir um mundo novo lá fora se aqui dentro, de trás do muro, tenho todos e tudo de que preciso?

Diferentemente do muro, a ponte liga, une, estreita laços, encurta distâncias, permite o encontro, o abraço. Ser ponte é ajudar, dar a mão ao outro, atravessar o caminho e descobrir coisas novas do outro lado. "Mas do outro lado pode não haver coisas novas", diz o pessimista. "Mas só vamos descobrir se atravessarmos a ponte", rebate o otimista.

Pode ser que do outro lado não exista uma nova vida, mas ao sermos ponte talvez encontremos uma nova forma de enxergar a vida, um novo olhar para o mundo, para as pessoas.

Contudo, ser ponte não é fácil. É preciso ter uma estrutura forte, muito mais forte que a do muro. Quando você é ponte, precisa suportar o peso das dores, dos preconceitos, do achismo, de tudo!

Ser muro é mais fácil, sem dúvidas. Porque, quando você é muro, o "eu" está no centro de tudo, pois não tem o outro. Na outra margem está a ponte, de difícil travessia, pois traz insegurança e medo, mas é lá que o "nós" faz sentido. Talvez essa seja a grande diferença entre ser líder e ser chefe.

PERDOAR É ESQUECER?

Perdão[2], do latim *perdonare, per* (completo) +*donare* (doar). Então, quando perdoamos alguém, nos doamos por completo a ele? Mas se doar por completo não seria amar alguém?

Diante das dúvidas, fiz uma viagem no tempo para falar um pouco do tema. Descobri que a memória que tenho sobre a palavra "perdão" vem da igreja. Nas homilias sempre ouvia o padre dizer: "É preciso perdoar", "É perdoando que se é perdoado". Não me lembro de ter ouvido essa palavra em casa, na família, no trabalho ou na escola. Perdão para mim, portanto, sempre teve um viés religioso.

Mas quando você cresce e descobre que a vida precisa ser vivida por você e não pelos outros, tanto o perdão quanto o amor deixam de ser abstratos, tornando-se reais. E aí, o que acontece? O discurso continua sendo o mesmo, mas a prática muda.

Ouço muita gente dizer: "Se você esqueceu o mal que alguém te fez, então você perdoou essa pessoa". Será? Penso que perdoar não é esquecer, porque as pessoas sempre vão lembrar. Comumente nos recordamos dos bons atos que nos foram proporcionados, mas permanentemente lembramos o que de ruim nos aconteceu. Nessa lógica, se perdoar é esquecer, ninguém perdoa! Mas vivemos numa sociedade onde é bonito dizer que perdoou, principalmente quando esse perdão é divulgado para os outros e não vivido internamente por cada um.

Penso que perdão tem mais a ver com maturidade que com esquecimento. Vejamos então: se você ama muito alguém e esse alguém te trai, você esquece? Acredito que não. O perdão virá com o tempo, não sendo sinônimo de deslembrança, e sim de amadurecimento. A cicatrização da ferida, portanto, só será completa quando você se maturar e compreender que o remédio não está no outro, mas em você.

Por fim, acredito que perdão e amor são palavras sinônimas e ao mesmo tempo se completam. Drummond em seu poema *Amor e seu tempo* finaliza com o verso: "Amor começa tarde"[3]. Eu acrescentaria: "Perdão também".

---

[2] Perdão. Disponível em: https://www.dicio.com.br/perdao/. Acesso em: 4 set. 2023.
[3] ANDRADE, Carlos Drummond de. *As impurezas do branco.* 4.ed. Rio de Janeiro: José Olympio, 1978.

VOCÊ JÁ FOI MINORIA?

A pergunta que o título traz é importante, porque nos faz refletir sobre algumas de nossas atitudes no dia a dia.

Se você faz parte de um grupo, seja ele qual for, onde os seus pensamentos, gostos e ideias são compartilhados pela maioria, a convivência se torna muito mais fácil, senão vejamos. A maioria dos seus colegas de trabalho, ou de faculdade, ou familiares, ou amigos torce para o mesmo time que você, é adepta da mesma religião, tem a mesma orientação sexual, ou pertence à mesma classe social. Que maravilha! Possivelmente vocês se entenderão bem, pois têm características semelhantes no grupo. Mas e quando você é minoria?

A história mostra que quando se é minoria o cenário nunca é favorável e o ambiente, seja ele qual for, se torna mais pesado. Imagine você, mulher, dizendo dentro do seu grupo de referência que não deseja ser mãe. Ser mãe, vale destacar, parece ser uma regra incontestável... Para a maioria. Imaginemos então você, homem, dizendo para os seus colegas de futebol que você é homossexual. Já pensou? Imediatamente surgirá o silêncio e em seguida alguém fará o comentário: "Sem problemas. Somos amigos acima de tudo". Mas sabemos que não é bem assim. A maioria vai determinar a exclusão da minoria.

Se você fizer um exercício de reflexão agora, descobrirá que em algum momento em sua vida você foi minoria. Vejamos: você não consome bebidas alcoólicas; não gosta de futebol; prefere o silêncio ao barulho; não participa das confraternizações da empresa; é fiel à sua esposa ou esposo; não acredita que o trabalho seja mais importante que sua família; não pensa que deve trabalhar os três turnos para suprir os desejos dos seus filhos; não acredita em Deus; não está nas redes sociais; não compra roupas "de marca" etc., etc.

Nesse sentido, defendo que o respeito é essencial para a boa convivência, seja no trabalho, na escola, na rua ou mesmo em casa. Ser diferente não é pecado! Cada ser humano é único, e não só fisicamente, mas na sua essência.

Portanto, precisamos entender que ser minoria é somente estar em menor quantidade, e não em qualidade. Ser minoria é ser diferente! Simples assim...

É BOM RECEBER ELOGIOS?

A resposta imediata seria "sim". Quem não gosta de receber elogios?

Para provocar, cito uma frase atribuída a Santo Agostinho: "Prefiro os que me criticam, porque me corrigem, aos que me elogiam, porque me corrompem"[4].

Muitas vezes nas organizações, e até mesmo na vida pessoal, gostamos de receber elogios. Eles elevam nossa autoestima e nos trazem a certeza de que realmente somos bons. Contudo, é preciso ter um olhar mais cético para o elogio, e uma pergunta se torna muito relevante: quem me elogiou? Familiares, amigos, colegas de trabalho, esposo(a)? É preciso ter cautela, para que o encômio não ultrapasse os limites da vaidade.

Outra pergunta (talvez mais importante que a primeira): por que me elogiam? Quiçá para conseguir algo em troca. Se no meu trabalho me elogiam porque escrevo bem, certamente alguém irá me solicitar que redija um texto ou documento. Da mesma forma quando recebo um elogio, passo a olhar aquela pessoa de modo diferente, talvez com um pouco mais de carinho e atenção, afinal de contas ela me elogiou.

Corroboro, portanto, a ideia de que se me elogiam de algum modo serei corrompido. Primeiro, porque fui tocado pela vaidade, ao concordar com o elogio. Segundo, porque assentindo ao elogio, mudo o modo de me relacionar com as pessoas, escolhendo sempre as que me elogiam em detrimento das outras. Por fim, crio a (falsa) expectativa de que receber elogios é uma regra e que, portanto, todos os dias devo recebê-los.

Mas em algum momento o elogio nos fará bem? Sim, quando ele for sincero. E isso nós nunca saberemos...

---

[4] FILHO, Eduardo V. de Macedo Soares. *Como pensam os humanos: frases célebres.* São Paulo: Leud, 2016.

QUAIS SÃO AS SUAS CRENÇAS?

Crer é acreditar. É aceitar algo como sendo verdadeiro.

Se atualmente você usa a mesma marca de sabão em pó que sua mãe usava há dez anos, quando ainda morava na casa dela, te dou as boas-vindas ao mundo das crenças.

As nossas crenças têm, entre tantas origens, três que são consideradas muito importantes. A primeira já demos o exemplo: família. Tudo que somos, fazemos ou pensamos, em grande medida, está na forma como nos relacionamos com os familiares. Geralmente acreditamos em (quase) tudo que eles nos disseram, e seguimos, muitas vezes, o caminho que nos foi indicado, tenha sido ele bom ou ruim.

A segunda origem de nossas crenças é a escola. Desde muito cedo somos domesticados e socializados. A ordem das carteiras, a figura do professor como autoridade, o desejo por aprender, o respeito aos colegas, a necessidade de ser aprovado e muitas vezes o caminho para a profissão.

A terceira instituição é a igreja. Temos a autoridade do pai em casa, do professor na escola e de Deus na igreja. Aprendemos a seguir os preceitos da religião e nos ensinaram que para sermos boas pessoas devemos obediência a Deus, e amá-lo acima de qualquer coisa.

A crença é então algo íntimo, individual, pois cada um tem a sua e merece respeito. Quando a crença merece críticas? Quando ela se torna fanatismo e o indivíduo não consegue enxergar outro caminho. Quando questionamos as nossas crenças? Quando encontramos pelo caminho da vida pessoas que não tiveram o privilégio de conhecer seus pais ou ter uma família, que nunca foram "apresentadas" a Deus ou que não "venceram" na vida, e ainda assim são pessoas de conduta ilibada e que joga por terra as nossas certezas. Como fazer para quebrar as minhas crenças? Se algumas delas te incomodam, que tal começar a estudá-las? O conhecimento surge pela dúvida, pela curiosidade, pela ação e não pelo comodismo. Se eu destruir minhas crenças serei uma pessoa mais feliz? Certamente não. O que você encontrará são explicações, mas nunca certezas.

E se eu me livrar de todas as crenças, enfim serei uma pessoa sábia? A sabedoria também é uma crença, que muitos acreditam praticar.

VERDADE OU MENTIRA?

Desde muito cedo fomos ensinados a não mentir ou a dizer a verdade...Sempre!

Mas será que é assim mesmo que acontece? Tenho a impressão de que não. Mentimos muitas vezes para agradar os outros. Porque agradando aos outros eles se tornarão nossos amigos ou pelo menos seremos mais interessantes aos olhos deles. Não importa se for parente, colega de trabalho ou mesmo um desconhecido. Não diremos a verdade!

Há quem diga que existem mentiras boas e mentiras ruins. Se a esposa pergunta ao marido qual a opinião dele sobre a roupa que ela acabou de vestir, tem-se duas opções: mentir ou dizer a verdade. "Está legal" é um modo de dizer que está boa, mas que poderia estar melhor. "Não gostei" é mais verdadeiro, porque a roupa pode estar boa, mas ele pode não ter gostado. "Ficou excelente" pode ser um jeito de dizer "Vamos logo, pois já estamos atrasados".

Ninguém nunca vai saber ao certo se o outro está mentindo ou não, pelo menos naquele momento do diálogo, naquele exato instante. Quem sabe no futuro a mentira vira verdade e vice-versa.

O que sei é que sofremos demasiadamente com a opinião alheia, talvez por isso preferimos a mentira. Alguém dizer que este texto que escrevo é muito bom será um elogio, nada mais que isso. E não vai alterar a minha vida, nem a de quem disse. Mas se alguém fizer críticas mais severas ao texto, porém embasadas, vai me fazer sofrer, porque o que o outro diz me importa.

O que seria ideal? Dizermos sempre a verdade, porque poderíamos ter a certeza de que algo está em desacordo com o que pensamos, sentimos ou agimos. Mas quem poderia definir pra mim o que é a verdade? Alguém pode responder: Deus. Porque *Ele é o caminho, a verdade e a vida!* E quem não acredita em Deus?

EM QUAL FASE DA VIDA VOCÊ ESTÁ?

A nossa vida não é um jogo de videogame, mas durante ela passamos por diversas fases, e muitas vezes nem percebemos isso. Mas a grande diferença do jogo para a vida é que só temos uma vida, infelizmente.

Algumas pessoas até tentam pular as etapas, buscando atalhos que possam levá-las a algum objetivo de forma mais imediata, mas não adianta, temos que viver (bem) cada fase da vida.

Se voltarmos no tempo, veremos que a fase de sair todos os dias, conhecer gente nova e se arriscar em grandes aventuras já passou. Vamos chamá-la carinhosamente de "fase da loucura". O momento agora pode ser outro, ou o que chamamos de "fase da segurança". Se você tem um dinheiro a mais hoje, vai perceber que é melhor pagar um pouco mais pela segurança ou tranquilidade de um camarote que ficar na loucura da pista. É muito agito, muito barulho, para alguém que alcançou certa maturidade.

Como já disse, passamos de fase e nem percebemos. No videogame, quando isso acontece, comemoramos, mas na vida real não. Estamos tão imersos na correria do dia a dia que esquecemos de comemorar a nossa evolução (ou involução para alguns). Precisamos perceber o quão importante é reconhecer a atual fase da vida, para não agirmos com infantilidade em determinados momentos, ou sermos apáticos acreditando que a vida está chegando ao seu fim.

Durante a nossa caminhada, as fases da vida nos trazem pessoas e desejos que serão relevantes, mas alguns vão durar somente aquele período, enquanto outros se eternizarão em nossas vidas. Os desejos são líquidos, fugazes e, assim que saciados, não terão mais importância. Quanto às pessoas, as que se foram estavam em outra fase da vida e não por acaso partiram. As que permaneceram fazem parte de algo maior, que eu chamo de "fase do amor".

Por último, não fique triste ou preocupado se a fase não está boa para você. É apenas uma fase...E ela sempre passa!

COM O QUE VOCÊ SE PREOCUPA?

No mundo do trabalho, ocupação refere-se às atribuições e tarefas que atualmente você desempenha. O cargo que você "ocupa" na empresa ou instituição que trabalha retrata o que você está (ou anda) fazendo cotidianamente.

Todavia, nossa vida não tem só o lado profissional, ou seja, nos ocupamos também com outras coisas, como lazer, família, educação, saúde etc. Algumas pessoas conseguem dividir essas ocupações, mantendo um equilíbrio sobre as ações, o que Aristóteles chamava de *meio-termo*[5]. Metade profissional, metade pessoal.

No entanto, é perceptível que muitos não conseguem alcançar esse equilíbrio, pendendo a balança geralmente para o lado do trabalho. Afinal de contas, vivemos num mundo onde o modo de vida é capitalista, no qual o mercado nos apresenta modelos de felicidade, que passamos a comprar e usar, na maioria das vezes de forma inconsciente.

Como se não bastassem os problemas da ocupação (tanto pessoal quanto profissional), o ser humano criou algo mais devastador: a "pré-ocupação". Escrito dessa forma, mostra que antes mesmo de nos ocuparmos já estamos ocupados. Como assim? Quando me preocupo, eu me ocupo de algo que ainda não aconteceu, e que talvez nem aconteça. A minha preocupação traz um sentimento (ou sofrimento) que poderia ser evitado, caso ele não ocorresse.

Alguém importante disse certa vez que "a dor é inevitável, mas o sofrimento é opcional". Nessa perspectiva, preocupar-se é sofrer! Quem se preocupa demais costuma não viver de forma intensa os momentos. É como aquele turista que em vez de contemplar a paisagem prefere preocupar-se em sair bem na foto. Preocupamo-nos com o supérfluo e esquecemos de viver o que realmente importa.

Portanto, se você vai mudar de cidade ou não, se vai passar no concurso ou não, se vai casar, ter filhos ou trocar de emprego ou não, não se preocupe! Lembre-se do conselho de Epicteto: "Se o

---

[5] ARISTÓTELES. *Ética a Nicômaco*. Tradução de Leonel Vallandro, Gerd Bornheim. São Paulo: Nova Cultural, 1987.

problema possui solução não devemos nos preocupar com ele. E se não possui solução, de nada adianta nos preocuparmos"[6].

QUEM É O OUTRO?

O outro é alguém que está fora de mim. Ele pode ser real ou imaginário. Real quando posso tocá-lo ou quando ele faz parte da minha realidade. Imaginário quando penso que ele existe, mas não o conheço, e talvez nem queira conhecê-lo.

A relação que temos com o outro diz muito sobre nós. Penso que existem dois aspectos relevantes no que diz respeito ao outro. Vamos a eles.

O outro como ser inexistente. Esse outro não existe, pelo menos para mim. Aliás, ele pode até existir, mas nunca o vejo, talvez porque eu olhe só para dentro e nunca para fora. Esse outro na realidade é uma sombra da qual tento me esconder, mas que me persegue. Esse outro não me interessa, pois não faz parte da minha vida. É um transeunte qualquer, que desconheço, que ignoro, que só existe porque é um número.

O segundo outro é com o qual eu me importo. É aquele a quem eu devo e dou satisfações. Visto-me por causa dele, mudo de opinião, faço ou deixo de fazer algo por interesse dele. Esse outro toma meu corpo e minha mente e guia meus passos por caminhos que muitas vezes não desejo, mas que assim mesmo sigo, porque não sou mais eu quem toma as decisões, não sou eu quem faz as escolhas, mas ele, o outro.

Onde está a diferença? No olhar de cada um. Ignoro, descarto, desprezo o outro quando ele não me é importante. Adulo, sigo, imito o outro quando tenho o sentimento de que não sou livre e preciso desesperadamente que me desenhem um caminho, pois não consigo criar os meus. Não sei andar sozinho, e o outro é minha muleta.

---

[6] EPICTETO. *Manual para a vida. Enchiridion de Epicteto.* Tradução de Edson Bini. São Paulo: Edipro, 2021.

O NOVO TE ASSUSTA?

Precisamos escolher um ao outro. Necessitamos romper os grilhões com o último e abraçar o primeiro.

Mudar. Começar do zero, inovar, reinventar...Isso tudo te apavora? A mim sim.

Um novo emprego, um novo relacionamento, um novo endereço, uma nova forma de viver a vida. Parece assustador, e é, mas precisamos nos acostumar com aquilo que não conhecemos e que, aliás, só vai ser conhecido se aceitarmos, praticarmos e vivermos o novo momento.

Lembra do seu primeiro emprego? Tudo foi novidade, porque você nunca havia trabalhado. E aí quando você se acostumou com o trabalho, com os colegas, com o chefe e com o ambiente da empresa, acabou sendo demitido ou pediu para sair, querendo alçar novos voos.

O novo é assim, aterrorizante! E quando falamos de novas tecnologias? Há pessoas que não estão em redes sociais por medo do novo. O medo de ter sua vida pessoal invadida. O não saber manusear o celular. Trocar de aparelho? Nem pensar! Um novo é muito caro (é a desculpa), mas na verdade é que um novo *smartphone* vai exigir maior esforço, porque tudo que é novo é diferente, e dá trabalho.

Acreditamos que nunca vamos nos adaptar ao novo. E no início comparamos o atual com o antigo. Seja o(a) namorado(a), o celular, o chefe, o emprego, a cidade, enfim, vamos sofrendo, até que o tempo, senhor de tudo, nos vai acalmando e dizendo: "Tá vendo, não falei que ia dá certo"?

O novo é assim...Aparece, convida e espera. E enquanto não entendemos que mudar é necessário, que o velho, muitas vezes, é mais do mesmo, ou que em nada nos agrega, vamos vivendo na comodidade de nossas cavernas.

DE QUANTO TEMPO VOCÊ PRECISA?

Tempo é artigo de luxo. Vale muito, muito mesmo, e não tem dinheiro no mundo que possa comprá-lo.

Quando somos crianças, não o vemos passar, porque não temos a consciência de que ele existe. Não há responsabilidades, só o lúdico. Na adolescência começamos a descobrir que ele é importante, principalmente quando se espera por alguém. Nos tornamos adultos e o tempo nos diz: "Não sou infinito, use-me melhor". E quando chegarmos à terceira idade, talvez você o abrace, sentindo gratidão ou talvez pense: "Agora é tarde demais"!

O tempo é voraz, insaciável, absoluto. Estamos sempre precisando dele, mas muitos de nós não o encontramos. Ele se esconde nos bons momentos, como num bate-papo com os amigos, no afago ao filho, na conversa com os pais, no diálogo com a pessoa amada. Quando isso acontece, ele passa rápido e nem percebemos...

Eu preciso de tempo para ler, escrever, organizar meus objetivos, ir ao supermercado, trabalhar, buscar o filho na escola, terminar um curso, planejar, fazer, agir, correr atrás...Preciso de tempo útil, que valha algo, que seja racional. Eis então que surge a doença, a dor, o sofrimento, e descubro que todo o meu tempo foi perdido. Não vou recuperá-lo, pois o deus Cronos nos vai devorando, minuto a minuto.

Precisamos, sim, de tempo inútil, para ir ao jardim e nada dizer, somente observar. Meditar, abraçar, jogar conversa fora, silenciar. Estamos envelhecendo e Cronos nos mostra isso a todo instante. Sofremos com o que os outros pensam de nós e estamos sempre fazendo algo para preencher o tempo, como se ele pudesse expandir, como um elástico. Por que necessitamos de tempo se o que temos é desperdiçado? Para que mais tempo de vida se vivemos de forma medíocre? É preciso refletir!

De quanto tempo precisamos? Um minuto, uma hora, um mês, um ano? Olhe para dentro de você e pergunte-se como está sendo gasto o seu tempo. Neste exato momento, estaria eu perdendo o meu tempo escrevendo este texto?

Penso que não, pois estou gastando o meu tempo fazendo o que gosto...

POR QUE OS CASAMENTOS NÃO DURAM MAIS?

Quando me perguntam sobre casamento, costumo dizer que casamento foi feito para não durar. E não estou sendo pessimista.

Casar é unir duas pessoas diferentes, em que essas diferenças, muitas vezes não visíveis aos olhos, propiciam diversos obstáculos ao matrimônio. Elas podem ser econômicas, sociais, sexuais, de educação, de criação, religião, estilo de vida, enfim, de qualquer natureza, revelando-se ao casal um novo desafio: continuar casados!

Atualmente casamento tem mais a ver com parceria que com amor. E o dicionário concorda: parceria "*é a reunião de indivíduos para alcançar um objetivo comum*"[7]. Qual é o objetivo? Para muitos, manter-se casados. Para outros, dar satisfação à sociedade. Pra mim, fazer o outro feliz.

Há duas grandes mentiras que as pessoas acreditam quando se casam. A primeira é achar que o outro vai mudar depois de casado. Se sua namorada gasta muito tempo para se arrumar, sua esposa também o fará. Se seu namorado gostava de beber, seu marido vai continuar gostando. Lembre-se: ninguém muda ninguém!

A segunda mentira é crer que você está no casamento para ser feliz. Primeiro porque o conceito de felicidade é amplo e individual, a minha felicidade pode não ser a sua. Segundo, porque no casamento não existe mais "eu", e sim "nós". Nossa casa, nosso carro, nossos filhos, nossos objetivos, nossa felicidade...

É lógico que precisamos entender que os tempos mudaram, e as relações também. Segundo Baumann, nos seus livros *Modernidade líquida*[8] e *Amor líquido*[9], os relacionamentos de agora são mais flexíveis, desfazem-se mais facilmente, são pouco duradouros. "Nada é para durar". Resumindo e sendo direto: as pessoas trocam de relacionamento como trocam de roupas.

---

[7] Parceria. Disponível em: https://www.dicio.com.br/parceria/. Acesso em: 4 set. 2023.

[8] BAUMAN, Zygmunt. *Modernidade líquida*. Rio de Janeiro: Zahar, 2001.

[9] BAUMAN, Zygmunt. *Amor líquido*: sobre a fragilidade dos laços humanos. Rio de Janeiro: Zahar, 2004.

Entretanto, é preciso pontuar que os relacionamentos de hoje acontecem mais por afinidade que por obrigação, especialmente se os compararmos aos de outras épocas. Alguém pode sugerir que os casamentos de antigamente eram melhores porque duravam mais. E eu pergunto: eram melhores para quem? Certamente para os homens, que tinham a liberdade de ter relacionamentos extraconjugais, que não podiam ser questionados pelas esposas, e que essas, por sua vez, suportavam caladas, pois viviam numa sociedade em que reinava o machismo.

Hoje é muito diferente? Nem tanto, mas as mulheres estão mais empoderadas, principalmente pela independência profissional perante os maridos.

Repito: casamento é parceria, tem que ser bom para os dois lados.

O QUE NOS GUARDA O FUTURO?

O futuro não existe! Daqui um minuto ele será presente e logo em seguida passado.

Há pessoas que ocupam grande parte do seu tempo pensando no futuro e outras que não se importam nem um pouco com a chegada dele. Qual o melhor caminho? Eu escolheria o caminho do meio ou, como diria Aristóteles em Ética a Nicômaco[10], "o meio-termo é digno de elogio, uma vez que os extremos não são nem corretos, nem louváveis, mas ao contrário, censuráveis". Resumindo, o que importa é o equilíbrio.

Nesse sentido, se só penso no futuro, deixo de viver o presente. É como estar diante de uma bela paisagem e só ficar tirando fotos, para depois (no futuro próximo) postá-las. É preciso aproveitar o momento...*Carpe diem!*

Da mesma forma, se pauto a minha vida ignorando o futuro, esse pode se tornar um grande fardo. É como desejar ter boa saúde daqui a dez anos e viver o presente de forma desregrada. É como

---

[10] ARISTÓTELES. *Ética a Nicômaco*. Tradução de Leonel Vallandro e Gerd Bornheim. São Paulo: Nova Cultural, 1987.

sonhar com a aposentadoria no futuro e não contribuir no presente para que ela aconteça. Não há futuro sem presente!

Além desses dois grupos de pessoas que só pensam no futuro ou no presente, existe um terceiro que é mais preocupante. É o daqueles que só pensam no passado. Culpam-se pelo que aconteceu e que não pode mais ser mudado. Sofrem com as lembranças do que poderia ter acontecido.

Quem sabe a resposta não está nos versos da *Aquarela*[11], de Toquinho:

"E o futuro é uma astronave que tentamos pilotar
Não tem tempo nem piedade nem tem hora de chegar
Sem pedir licença muda nossa vida
E depois convida a rir ou chorar"

Mas, então, o que nos guarda o futuro? De certo, somente a morte...

O QUE TE FAZ SOFRER?

Antes de mais nada, esclareço que este texto não faz referência àquelas pessoas que sofrem por algum tipo de doença real, que nasceram com ou adquiriram determinadas patologias, e que por isso se encontram em sofrimento.

Falo agora de sofrimentos causados por doenças imaginárias, daquelas que poderiam ser evitadas, se tivéssemos mais autoconhecimento, um pouco mais de maturidade ou mesmo se nos embrenhássemos pelas leituras de alguns filósofos.

Não são necessários muitos exemplos, pois apenas um basta para compreendermos o quão sofremos desnecessariamente e que, o que é melhor, o remédio e a cura estão dentro de nós.

Vamos ao exemplo para reflexão: alguém te informa que outro alguém disse não gostar de você. Pergunto: Qual a sua reação?

---

[11] MORAES, Vinícius de; *TOQUINHO*. Aquarela. Brasil: Ariola, 1983.

Questionará o informante do porquê? Procurará a outra pessoa diretamente para sanar a dúvida? Ficará remoendo esse assunto em casa ou com os amigos? Dormirá pensando no acontecido?

Penso que a maioria de nós sofrerá pensando na situação. Mas qual é a dor? Preocuparmo-nos excessivamente com a opinião alheia. E qual é o remédio? Entendermos que a solução do problema está em nós e não nos outros. Se alguém não gosta de mim, o problema não é meu e sim do outro. Na mesma lógica, ninguém muda ninguém! E as pessoas sofrem com isso...

O pai quer mudar o caminho do filho. A esposa reza para que o marido mude de opinião. O empregador deseja que o empregado mude de atitude. Desejamos que as pessoas se tornem, pensem ou ajam como nós. Olhamos para elas e queremos vê-las como nosso espelho, mas não conseguimos mudá-las. Por isso dói saber que alguém não gosta de mim!

Sugiro então fazermos outro exercício para reflexão: valorizar o que somos e o que temos, apesar dos outros. Quem sabe assim conseguiremos seguir um dos ensinamentos atribuídos a Shakespeare: *"Sofremos muito com o pouco que nos falta e aproveitamos pouco o muito que temos[12]".*

EXISTEM ALMAS GÊMEAS NO AMOR?

Desde a tenra idade, recebemos de forma esperançosa o discurso da tão sonhada alma gêmea. Mas ela existe?

Ao iniciar um relacionamento, sempre adoecemos, pois vivemos de forma imediata um sentimento chamado de paixão. Imaginar-se longe da pessoa amada nos traz a tristeza transformada em uma fina dor no estômago. "Não consigo mais viver sem ela ou ele".

O relacionamento então termina...E o que dizer para alguém que se viu de luto por um sentimento que acabou e que não mais voltará? "Não era a sua alma gêmea. Você ainda vai encontrá-la".

---

[12] Shakespeare. Disponível em: https://citacoes.in/citacoes/851465-william-shakespeare-sofremos-demasiado-pelo-pouco-que-nos-falta-e-aleg/ Acesso em: 4 set. 2023.

O discurso da alma gêmea muitas vezes conforta um coração dilacerado por ter recebido um "não". Mas ele não dura muito tempo. E só volta a aparecer quando outro relacionamento também não deu certo. Do primeiro para o segundo, do segundo para o terceiro e assim por diante, passamos a ter dois sentimentos que nos reduzem à inação.

O primeiro é continuar tendo a crença de que a sua alma gêmea ou o príncipe encantado surgirá a qualquer momento, transformando sua vida de dúvidas num mar de certezas. O segundo, e talvez pior, é acreditar que você não é merecedor desse épico encontro com a sua outra metade e que nada pode ser feito para mudar essa situação.

Acostumamo-nos desde muito cedo a desvalorizar as conquistas e os esforços daqueles que nos parecem felizes no amor, dizendo que "foi sorte", que eles encontraram suas almas gêmeas. Não há alma gêmea sem amor, sem dedicação, sem vontade, sem luta, sem cuidados, sem diálogo, enfim, sem abrir mão de sua vida em função do outro.

Encontramos todos os dias pessoas boas, mas queremos que elas sejam santas; deparamo-nos com pessoas bonitas, mas desejamos que elas sejam deusas; descobrimos pessoas honestas pela vida, mas almejamos que elas sejam perfeitas. Olhamos para todos os lados, procurando e esperando que a nossa alma gêmea apareça, mas nos esquecemos de voltar o olhar para um lugar especial: nosso interior.

Porque, como dizia Mário Quintana[13], "o segredo é não correr atrás das borboletas...é cuidar do jardim para que elas venham até você. No final das contas, você vai achar, não quem você estava procurando, mas quem estava procurando por você".

POR QUE ESCOLHEMOS O MESMO LADO?

Façamos um exercício. Coloque uma de suas mãos sobre um dos seus olhos, tapando-o. O que vai acontecer? Certamente seu

---

[13] QUINTANA, Mario. *Poesia completa*. Rio de Janeiro: Nova Aguilar, 2005.

ângulo de visão diminuirá, fazendo com que você tenha dificuldade de enxergar algum objeto ou o lado no qual ele está.

É assim que agimos quando escolhemos um lado; esquecemos o outro. Se passo a enxergar tudo pelo lado esquerdo, deixo de observar o lado direito e vice-versa. E quando faço isso, passo a crer que tudo o que está de um lado é verdadeiro e o que está do outro é falso.

A nossa vida é repleta de antagonismos. Gostamos da noite, mas precisamos do dia também. O que seria da felicidade se não houvesse a tristeza? Como daríamos valor à vida se não existisse a morte? Que graça teria se todos nós enxergássemos tudo à nossa volta sempre pelo mesmo lado?

Reparem que, quando tapamos uma das vistas com a mão, ainda assim, se nos esforçarmos, conseguiremos ver o lado oposto. É difícil, mas enxergamos. E por que isso acontece? Por dois motivos. Primeiro, porque há uma boa vontade no olhar em superar os obstáculos. Segundo, por necessidade. É quando o que eu vejo já não mais me agrada ou satisfaz. Preciso ampliar meu horizonte, e isso só se dará com outro olhar.

A vida para ser bem vivida pede-nos que olhemos para todos os lados, porque em cada um deles a paisagem será diferente. Temos que sair de nossas cavernas, pois só veremos a luz quando entendermos que estamos na escuridão.

O QUE VALE MAIS: TALENTO OU ESFORÇO?

Desde muito cedo somos blindados pelos pais e familiares, e até mesmo professores, quando nos dizem que temos talento nessa ou naquela atividade. Se temos facilidade em fazer cálculos, certamente a profissão de engenheiro está encaminhada. Se a habilidade notada é na escrita ou na leitura, talvez se torne um promissor advogado.

Dom, talento ou aptidão carregam sempre nas entrelinhas um poder divino. Quando não, é genética. Ciência e religião misturam-se para mostrar que uma das suas habilidades não te pertence, que é externa a você. Simplificando, você teve sorte, pois nasceu assim...

Com o passar do tempo você se acostuma a ser talentoso, e pouco se esforça para melhorar. Enquanto muitos suam a camisa, para serem reconhecidos em algum esporte, você descansa, e sabe que a qualquer momento, num simples toque de mágica, vai resolver o problema do time. É a diferença do craque para o "perna de pau".

Dizem os antigos que, quando ganhamos algo sem fazer esforço, não damos muito valor. É mais ou menos isso com o talento. Se nasceu comigo, vai permanecer, então para que treinar, dedicar e esforçar?

Quando chegamos à fase adulta, descobrimos que nem sempre o talento vence. O dom que você tinha para a música não foi aperfeiçoado e ficou para trás. O atleta ou esportista que você era não existe mais, porque a falta de atividade consumiu o seu corpo. O menino bom em matemática não virou engenheiro, porque não gostava de estudar.

Se você gostou do tema e quer se aprofundar um pouco mais, indico dois livros: *Mindset*[14],de Carol Dweck, e *Garra*[15], de Ângela Duckworth, ambas psicólogas. É impressionante como passamos muito tempo de nossas vidas acreditando que somos talentosos, que somos bons em algo e deixamos o esforço de lado. Pensamos que os aprovados em concursos são gênios, que os grandes pensadores tiveram a sorte de nascerem inteligentes, e que muitos hoje fazem sucesso em alguma área porque era esse o destino deles.

Para finalizar, deixo uma frase que sempre gostei e é atribuída a Dave Weinbaum: "Se não puder se destacar pelo talento, vença pelo esforço"[16].

POR QUE NÃO SOMOS LIVRES?

Os tempos da escravidão e da ditadura acabaram. Será?

---

[14] DWECK, Carol. *Mindset*: a nova psicologia do sucesso. Tradução de S. Duarte. São Paulo: Objetiva, 2017.

[15] DUCKWORTH, Ângela. *Garra*: o poder da paixão e da perseverança. Rio de Janeiro: Intrínseca, 2016.

[16] Dave Weinbaum. Disponível em: https://citacoes.in/citacoes/573863-dave-weinbaum-se-voce-nao--puder-se-destacar-pelo-talento-venca/ Acesso em: 4 set.2023.

A Abolição da Escravatura no Brasil ocorreu no ano 1888, e o fim da ditadura militar em 1985. Faz muito tempo, mas deixaram muitas marcas, que certamente não vão desaparecer tão cedo.

Na escravidão tem o escravo, que o dicionário define como "pessoa que é propriedade de outra[17]". Se somos propriedade de alguém, somos um objeto, e como tal seremos usados da maneira que melhor convir ao nosso dono. Não tomamos decisões, não escolhemos, não optamos, não temos opinião, enfim, não existimos.

Na ditadura militar havia censura à imprensa; e contra os opositores do regime militar eram praticados os crimes de tortura, assassinato, estupro e até desaparecimento. Não havia liberdade de opinião, não havia opção; para alguns, apenas resistir.

Acreditamos todos que esses tempos não voltam mais, mas culturalmente continuamos carregando dentro de nós os resquícios da escravidão. Estamos sempre querendo impor algo a alguém, seja um pagamento medíocre por atividades realizadas (leia-se exploração do trabalhador), seja um modo de viver a vida, seja uma opinião, seja até mesmo um voto nas eleições.

Estamos de alguma forma tentando censurar os outros, sejam pessoas ou empresas, especialmente quando não promovem a mesma opinião que a nossa. Continuamos também a buscar a liberdade, mas talvez só nos discursos, porque no dia a dia permanecemos escravos da internet, do celular, do colega de trabalho, da opinião alheia.

Da mesma forma, continuamos incapazes de retirar os grilhões que nos prendem ao consumo, ao marketing, ao modo de vida capitalista. Mas o problema não é o capitalismo, e sim a forma como escolhemos o nosso modo de viver. Procuramos na sociedade um modelo de felicidade, que nos abasteça todos os dias de coisas, e não mais de sentimentos. Necessitamos de autoestima e acreditamos encontrá-la na vitrine de uma loja.

Não temos mais ideais, porque nos escravizamos seguindo os ideais dos outros. Optamos pela não liberdade de escolha, porque é mais fácil e prático que o outro o faça, pois se não obtiver êxito, a culpa será dele e não minha. Temos preguiça de caminhar e ficamos

---

[17] Escravo. Disponível em: https://www.dicio.com.br/escravo/. Acesso em: 4 set. 2023.

PERGUNTAS SEM RESPOSTAS

esperando que alguém nos desenhe o caminho. A inação permite que vivamos em paz.

Sartre[18] dizia que "estávamos condenados a ser livres, porque carregamos nos ombros a responsabilidade de fazer escolhas e pavimentar nossos próprios caminhos". Infelizmente permanecemos na escravidão, seja como algozes, ao impor aos outros nossas vontades, seja como vítima, quando declinamos a nossa liberdade.

ESTAMOS NO MESMO BARCO?

Em tempos de pandemia, tenho escutado com certa frequência a frase: "Agora estamos todos no mesmo barco". Será? O que seria o mesmo barco? O planeta Terra?

Se estamos no mesmo barco, certamente existe nele uma área VIP e outra destinada exclusivamente aos desafortunados. E mais, se o barco estiver furado, sem sombra de dúvidas, somente um lado terá acesso aos coletes salva-vidas. Qual lado seria esse?

Nessa pandemia, de um lado estão os afortunados ou privilegiados (e eu me incluo nele) que podem ficar em casa. Além disso, esse grupo tem algumas vantagens: continua empregado (*home office* ou não), não teve seu salário reduzido, faz parte de família pequena morando em residência ampla, com acesso ilimitado à internet, e possibilidades maiores ao lazer, uma vez que tem condições financeiras para tal. Desse modo, as *lives* dos cantores famosos ficam mais confortáveis, se assistidas num ambiente aconchegante, regado a um bom vinho.

Do outro lado, pessoas que perderam o emprego, desesperadas para receber o auxílio do governo, pequenos empresários "quebrando", sendo obrigados a demitir seus empregados; outras tantas pessoas morando em residências minúsculas, com vizinhos muito próximos, tendo que enfrentar filas de banco para receber algum tipo de doa-

---

[18] SARTRE, Jean-Paul. *O existencialismo é um Humanismo*; A imaginação; Questão de método. São Paulo: Nova Cultural, 1987 (Coleção Os Pensadores).

ção, utilizando transporte público precário, ou mesmo tendo que ir a pé ao trabalho pela redução nos horários desse mesmo transporte.

Numa ala temos aqueles que esperam ansiosamente pelo fim da pandemia, para se juntar aos amigos, organizar uma festa e comemorar o fim do isolamento. No outro canto temos pessoas que não sabem se estarão doentes ou vivas até o fim da pandemia, e se tudo der certo terão que ir à luta para pagar contas, conseguir um novo emprego ou buscar novas fontes de renda.

Antes de finalizar, ressalto que nada tenho contra aqueles que têm uma boa condição financeira, afinal de contas muitos gozam hoje do árduo trabalho realizado outrora. No entanto, não consigo conceber a ideia de que estamos no mesmo barco. Continuamos em barcos diferentes e, o que é pior, cada vez mais distantes uns dos outros.

QUANTO VALE A SUA OPINIÃO?

Atualmente vivemos num mundo onde todos querem dar a sua opinião. Isso é muito bom. Sinal de que estamos vivendo numa democracia.

Em minha opinião, existem dois tipos de opinião. A primeira eu chamo de "rasa", ou seja, aquela que não tem profundidade, superficial e geralmente emite juízo de valor. A segunda eu chamo de "profunda", pois, contrária à primeira, é mais difícil de chegar, pois é também consistente.

Aqueles que optam pela primeira opção agem de forma intempestiva e emitem sua opinião, muitas vezes a partir do nada. São pessoas que dizem "eu acho", como se tivessem encontrado, por acaso, alguma coisa e agora desatam a falar sobre o assunto. Pior que elas somente as que têm certeza de tudo, pois usam os argumentos mais esdrúxulos para comprovar o que não pode ser comprovado. As opiniões rasas não têm alicerce. É como assistir a um telejornal ou ler um excerto de um texto ou livro e se achar o economista ou o entendido de política.

As opiniões profundas têm embasamento. Seus pilares são constituídos por incansáveis leituras e estudos realizados de forma ampla. Os pontos de vista de cada um deles são mais críveis, fugindo dos achismos ou, o que é melhor, não pendem somente para um lado, rechaçando desse modo os sectarismos. Além da leitura, vale muito a experiência ou o que chamamos comumente de "prática". Nesse sentido, teoria e prática devem caminhar juntas, o que torna a opinião ainda mais robusta.

Da minha parte, gosto das duas opiniões. A rasa me mostra que pareço estar num caminho mais reto, pois corrobora a necessidade da leitura. A profunda me traz dois sentimentos: um de que é preciso mudar e outro de que nada sei.

De tudo, porém, o mais importante é que tenhamos sempre a liberdade de emitir as nossas opiniões, sejam elas rasas ou profundas. Ou como diz a frase erroneamente atribuída a Voltaire: "Eu discordo do que você diz, mas defenderei até a morte o seu direito de dizê-lo[19]".

EMPRESAS SÃO BOAS OU RUINS?

As opiniões sempre vão divergir quando o assunto for empresa, organização, trabalho. Afinal de contas, sempre existirá a "luta de classes", ideia difundida por Karl Marx[20]. Empregados *versus* empregadores.

Para quem defende que empresas são boas, há sempre o argumento de que são elas que lhe ofertam o trabalho, e esse dignifica o homem. Precisamos do trabalho para sobreviver, pois suprir as necessidades básicas do ser humano é o principal fruto dele. Alguns mais exaltados defendem que "empresa não é casa de caridade" ou que "empresa não tem coração e sim CNPJ", portanto ela sobreviverá do lucro, e tudo o que for preciso fazer para alcançá-lo ela o fará: trabalho sob pressão, metas, demissões, redução de custos etc.

---

[19] Voltaire. Disponível em: https://super.abril.com.br/coluna/superlistas/8-frases-iconicas-que-nunca-foram-ditas. Acesso em: 4 set. 2023.

[20] ENGELS, Friedrich; MARX, Karl. *Manifesto Comunista*. Tradução de Álvaro Pina. Introdução São Paulo: Boitempo, 2002.

Já os defensores da ideia de que empresas são ruins fundamentam seu posicionamento na exploração. "Empresas sempre exploram os trabalhadores". Essa visão marxista busca embasamento no fato de que quem tem mais poder sempre será mais forte. Empresas são ruins porque demitem pais de família, porque trocam pessoas por máquinas, porque colocam o dinheiro sempre à frente de tudo. Se não fossem as leis trabalhistas, certamente o cenário seria bem pior, alegam os que estão do lado mais fraco.

Qual lado escolher? Contrariando ambos, é possível enxergar uma terceira via (e podem existir outras), ou seja, ter um novo olhar sobre as empresas. Para tanto, torna-se necessário fazermos alguns questionamentos: de que são feitas as empresas? No atual mercado empresarial, qual o principal ativo das organizações?

A resposta é "gente"! Empresa não tem vida própria, ela tem CNPJ. Mas esse é composto de vários CPFs: o meu, o seu, o do seu colega, o do chefe. Nessa lógica, empresas não são boas ou ruins, elas são o conjunto de pessoas boas ou ruins. E a esse conjunto damos o nome de "cultura organizacional".

É por isso que vez ou outra, mesmo estando numa grande empresa e com um ótimo salário, sentimos saudades daquela empresa menor em que trabalhamos um dia. A nossa nostalgia não é pelo trabalho ou pela empresa, é pelas pessoas com quem convivíamos. O segredo da gestão não está na vitrine, nas máquinas ou na quantidade de recursos que ela tem, e sim no modo como as pessoas pensam a vida, seja o dono, seja o mais simples operário.

Como transformar a empresa ruim numa empresa boa?

Contratando pessoas boas...

VOCÊ JÁ ERROU?

Se são nossos, os erros são aprendizados ou experiências; se são cometidos pelos outros, são falhas gravíssimas, provenientes de algum tipo de negligência. Apontar o erro alheio é muito fácil, difícil mesmo é olhar para dentro e reconhecer aqueles que você cometeu.

PERGUNTAS SEM RESPOSTAS

Na nossa sociedade, errar é sempre sinônimo de fracasso, de inferioridade. Se cometemos algum erro, seremos lembrados pelo resto da vida. Já os acertos são enaltecidos. Mas quantos erros foram necessários para alcançarmos uma vitória que valeu os aplausos?

Vamos refletir! Se hoje você tem um casamento feliz, quantos namoros tiveram que "dar errado" para você mudar a sua conduta e ser um esposo ou esposa melhor? Uma cozinheira, na sua arte, não acerta sempre o prato preferido. Ela vai testando até achar o ponto ideal, daí vira receita. Não chegamos à excelência de nada na vida somente acertando. Estejamos certos disso!

"Aquele que não tiver pecado, que atire a primeira pedra"[21], disse Jesus. Mas quando erramos, podem estar certos de que a pedrada é certeira. O erro é como uma sentença de morte, na qual as pessoas vão sempre lembrar e apontar: "Foi ele o culpado".

No entanto, esquecemo-nos ou ignoramos que o erro é inerente ao ser humano. Aprendemos errando, seja no trabalho ou em casa. E é no erro que crescemos, que fazemos descobertas, que nos conhecemos mais e que passamos a compreender que errar é factível, e que o outro também pode cometê-lo.

Portanto, se você já errou, não fique remoendo o erro. E se alguém já errou contigo, não custa lembrar da famosa frase, atribuída ao poeta britânico, Alexander Pope, que diz: *"Errar é humano; perdoar é divino"*.

QUAL A MELHOR FORMA DE VIVER?

Viver não é fácil, mas é melhor que estar morto. Enquanto vivo posso mudar de caminho, fazer escolhas, tomar decisões. Mas ela (a vida) pode não ser eterna, por isso precisamos vivê-la intensamente antes que o fim bata à nossa porta.

Se nos decidimos a viver e viver bem, necessitamos obrigatoriamente fazer escolhas. Nessa esteira, há algumas possibilidades de

---

[21] BÍBLIA. Bíblia Sagrada: nova tradução na linguagem de hoje. São Paulo: Paulinas, 2005.

vida ou de viver. Para não ser cansativo, vamos apontar aqui duas formas básicas para se viver a vida.

A primeira delas é viver a vida dos outros. Abro mão dos meus sonhos e objetivos, e passo a viver em função de alguém. Há pais que vivem a vida inteira em função dos filhos e esquecem de viver suas próprias vidas. Assim como há filhos que permanecem junto aos pais por muito tempo, mas não por carinho ou atenção, e sim porque são incapazes de viver as suas vidas, perpetuando a dependência aos genitores. Há também esposas que deixam de lado suas vidas para viverem a vida dos maridos, bem como aqueles que abdicam dos seus sonhos profissionais para ajudar outros empreendedores a realizarem seus sonhos. Já pensaram nisso?

A segunda forma de viver a vida é se colocando no centro dela. Seus pais já viveram a vida deles, seus amigos, vizinhos e colegas de trabalho também. Por que então não viver a sua? Viver a sua vida é fazer suas próprias escolhas, optar pelo caminho A ou B. E se o caminho escolhido não deu em lugar nenhum, voltar e escolher o outro, ou quem sabe uma nova via. Mais importante que viver a sua vida é chegar ao fim dela tendo quase a certeza de que não se arrependerá. Impossível saber isso, mas ter paz de espírito para compreender que se buscou o melhor é uma grande possibilidade.

Ainda há tempo! Qual será a sua escolha?

DE QUE É FEITO O MUNDO?

Não tenho uma resposta para a pergunta, mas diz que o mundo continua sendo mundo e que, apesar das mudanças, a sua essência permanece. Mas o mundo não muda, quem muda são as pessoas. Ainda assim, as pessoas são essencialmente as mesmas, ou agem da mesma forma. Será?

Antes mesmo da globalização e da internet, as pessoas se conectavam, mas essa conexão era ao vivo e presencial. Dona Maria colocava uma cadeira perto do muro, subia nela e chamava dona Luci, sua vizinha. O chamamento era na realidade um pedido: um pouco de açúcar para adoçar o café. Na semana seguinte, dona Luci batia na porta da casa de dona Maria, para pedir-lhe um pouco de café, pois o seu acabara inesperadamente. Os pedidos foram prontamente aceitos.

Passados alguns anos, a filha de dona Maria telefonou para a filha de dona Luci, perguntando a ela se não tinha uma sandália de cor preta para emprestar, pois iria a uma festa à noite. Na semana seguinte, a filha de dona Luci pediu à filha de dona Maria uma blusa vermelha emprestada, para combinar com os sapatos novos que ela tinha comprado. Ambos os pedidos foram também atendidos.

Décadas depois, a neta de dona Maria enviou um e-mail para a neta de dona Luci, solicitando a possibilidade de esta ficar com o seu filho pequeno durante o período da noite, pois surgira um compromisso inadiável naquele dia. Pedido aceito! Na outra semana foi a vez da neta de dona Luci pedir à neta de dona Maria um grande favor: olhar suas duas filhas das 17 às 19 horas, pois teria que participar de uma reunião extraordinária na empresa onde trabalhava.

Ontem, a bisneta de dona Maria postou no Instagram uma foto que havia tirado num evento. Era uma festa muito animada e ela estava rodeada por amigos. A bisneta de dona Luci curtiu a publicação e ainda mandou um *direct*: "Linda". Hoje pela manhã, a bisneta de dona Luci postou uma foto na praia, de biquíni e tomando água de coco. A bisneta de dona Maria curtiu a foto e enviou um *direct*: "Diva! Maravilhosa!".

Não importa o tempo ou a tecnologia, o mundo continuará sendo feito de trocas!

ONDE ESTÁ DEUS?

Estamos sempre à procura de Deus. Mas onde ele está?

Para os religiosos, Deus está na igreja. Para quem está em desespero, Deus está longe. Para os que amam, Deus está no coração de cada um. Para os infelizes, Deus simplesmente desapareceu...

As pessoas clamam por Deus, especialmente quando ele parece não estar. Mas quando isso acontece? No momento em que estamos precisando de alimento – físico ou espiritual. Acreditamos que ele estava ausente nas principais tragédias mundiais, bem como nas individuais, e que somente cada um de nós conhece. Mas por que pensamos assim?

Talvez a resposta esteja em cada um de nós, que busca um culpado para todo e qualquer problema. Ou quem sabe quando confundimos *estar* com *agir*. Estamos na sala de aula. Estamos no trabalho. Estamos em casa com a família. Estamos na rua. Mas nem sempre quando estamos presentes estamos fazendo algo pelo outro. Quantas vezes estivemos no trabalho e não ajudamos um colega? Quantas vezes estivemos em família, mas não nos importamos com ela? Quantas vezes presenciamos um ato de injustiça e nada fizemos? Quantas vezes vimos o erro e não o corrigimos?

Deus vai estar conosco sempre, mas nem sempre vai poder agir. Não por maldade ou descaso, mas porque precisamos lembrar dele, ainda que seja na tristeza, já que nos bons momentos quase nunca lembramos. É como procurarmos um médico quando não há mais cura para a doença.

Nesse sentido, não precisamos estar em sofrimento para abrir os braços a Deus. Não necessitamos estar na igreja para encontrá-lo, porque a igreja é cada um de nós. Não devo rezar, suplicar ou gritar, porque Deus sabe o que peço de boca fechada. Por isso, penso que Deus prefere o silêncio ao barulho.

Mas, afinal de contas, onde está Deus?

Pra mim, Deus é tudo! E se ele é tudo, somos parte dele, um só corpo, uma só alma. Sendo assim, somos também responsáveis pelo que acontece no mundo e na vida dos que nos cercam.

Agora ficou fácil de responder: Deus está dentro de nós!

COMO ESTAMOS EVOLUINDO?

A ideia de que estamos sempre em evolução nos anima, pois é combustível para a mudança. Mas nós temos a dimensão dessa evolução? Conseguimos perceber claramente que evoluímos?

Se regressarmos à nossa infância, descobriremos que evoluímos, sim; para tanto, basta olharmos no espelho e veremos que fisicamente houve uma evolução. Da mesma forma, se olharmos para dentro de nós, enxergaremos outro ser humano, que certamente não é mais o mesmo, com diversas transformações, com outros defeitos, mas também com virtudes.

Não podemos acreditar que evoluir é sempre bom. Não esqueçamos que doenças também evoluem. Mas a nossa evolução tem que passar por duas palavras essenciais na vida: mudança e adaptação.

A mudança é necessária para que possamos quebrar paradigmas ou crenças que nós mesmos criamos em nossas mentes. "Não tenho jeito pra isso" ou "Jamais pensarei assim" são frases que demonstram os limites que impomos a nós mesmos. Alguém disse que mudar é sempre bom, mas desde que seja com os outros. É por isso que é tão fácil distribuir conselhos aos que nos estão próximos, porque a mudança não será em nós, consequentemente não seremos nós a sofrermos.

A adaptação é a resiliência de que tantos falam hoje. É ir se acostumando à mudança, ao novo lugar, a um novo pensamento. A mudança muitas vezes é brusca, e é aí que vamos precisar ser resilientes. Paciência rima com resiliência, que rima com persistência. É preciso ter calma, tranquilidade e muita paz para se adaptar às mudanças, pois assim o sofrimento poderá ser minorado.

No entanto, mais importante que efetivamente mudar ou adaptar-se à mudança é reconhecer a necessidade de mudança, de evolução. É estar num quarto escuro, mas saber que bem próximo há um interruptor. É descobrir que após cada noite, o dia vai nascer.

Temos uma imensa dificuldade em enxergar a nossa evolução, talvez porque estejamos mais preocupados em lembrar ou reforçar o que de negativo nos aconteceu. Ficamos parados no tempo esperando que as mudanças ocorram, que o mundo evolua, quando nós é quem deveríamos propor a evolução.

Por onde começar a mudança para evoluirmos? Uma boa dica é lendo. Outra é viajando, pois como já dizia José Saramago[22]: "É necessário sair da ilha para ver a ilha".

---

[22] SARAMAGO, José. *O conto da ilha desconhecida*. São Paulo: Companhia das letras, 1998.

ESTAMOS SEMPRE ACHANDO?

Nossas vidas parecem mais um mar de pensamentos. A todo instante uma ideia, uma vontade ou um desejo surgem na cabeça, mas não expressamos, talvez com receio do que o outro vai pensar ou de como ele irá reagir. E então passamos a julgar, como se estivéssemos dentro do outro e pudéssemos ler os seus pensamentos. Nunca temos certeza, mas estamos sempre achando algo. Vejamos a história...

Saí de casa achando que ia comprar um forno micro-ondas. Entrei na loja e percebi que o vendedor me olhava de longe. Acho que ele estava pensando que eu só estava ali para observar, pois compraria o produto pela internet. Me senti ofendido e decidi ir embora, mas antes olhei o preço do objeto.

O vendedor, por sua vez, decidiu me atender. Na cabeça dele veio o pensamento: "Vou ver o que está querendo, mas acho que ele não tem dinheiro para comprar um micro-ondas". Achando que eu era muito mais velho, ele me chamou de "Senhor" e perguntou se podia me ajudar. Eu pensei: "Acho que não preciso de ajuda para ver um micro-ondas". Mas não respondi. Balancei a cabeça negativamente. . Acho que ele não gostou muito da minha resposta. Fechou a cara e voltou para o seu posto.

Achei o preço muito caro, além do atendimento muito ruim. Resolvi ir embora, mas me lembrei de que ainda tinha uma dúvida: em quantas vezes a loja dividia no cartão? Chamei então o atendente. Acho que ele fingiu não ter me visto, pois virou o rosto para o lado oposto de onde saiu a minha voz.

Se ele estava achando que eu ia sair vencido dessa batalha, enganava-se. Fui até ele, toquei o seu braço com o dedo indicador e fiz minha pergunta. Acho que ele não gostou muito, porque ficou olhando para o braço como se quisesse dizer: "Quem ele pensa que é para me tocar"?

O vendedor saiu do seu posto e encaminhou-se para onde estava o micro-ondas. Acho que ele estava com pressa ou então impaciente. Me falou o preço à vista. Acho que ele não entendeu a minha pergunta. Antes de eu abrir a boca, porém ele me disse que dividiam em dez vezes sem juros. Agradeci a informação e saí da loja.

Pensei comigo: "Que sujeito estranho. Acho que ele não foi com a minha cara". No trajeto de volta à casa tomei a decisão. Acho que vou comprar o micro-ondas pela internet. Pelo menos lá não tem vendedor achando que a gente é pobre ou velho.

O vendedor voltou para o seu posto de trabalho, esperando que outros consumidores adentrassem a loja. Enquanto os transeuntes passavam, ele pensou: "Acho que preciso mudar de emprego".

VAMOS BRINDAR A TRISTEZA?

O dia amanheceu nublado. Nem mesmo um único raio de sol entrou pela janela do seu quarto. O sono foi pouco e, enquanto durou, coisas estranhas surgiram em sua mente. Teria sido um pesadelo? Ou estava acordada?

Nada importa, pois o seu mau humor mostra certo mal-estar. Você não quer ver ninguém. Vontade de desaparecer. Mas não sair pela porta da frente, porque vai ter que cumprimentar a todos. Simplesmente sumir!

O café parece mais amargo. O leite muito frio. O pão está duro, velho, nem a manteiga quer deitar sobre ele. As pessoas conversam ao seu redor. Você não presta atenção. Parece que todo mundo conversa ao mesmo tempo. Você sente náuseas. O que as pessoas falam parece não ter sentido. A vida tem sentido?

Volta para o quarto. Ele está escuro. Melhor assim, porque você quer a escuridão. Chega de luz! Você não quer aparecer. Apaga algumas fotos da sua rede social preferida. Aquelas fotos não têm nada a ver contigo. Você não é assim; alegre, prestativa, boa gente, amável, que gosta de abraçar as pessoas. Mas quem é você, afinal?

Levanta da cama, vai para a frente do espelho, não gosta do que vê. Volta a deitar. Pensa na vida. Que vida? O que você quer dela? As respostas não vêm. Você abraça o travesseiro, fica em posição fetal, como se quisesse voltar ao mundo. Mas não pode, pois está presa. A quê? Você não tem as respostas.

Sua garganta está seca e parece que nela há um nó que te impede de respirar. Você sente seu rosto molhado. Descem as primeiras lágrimas. Mas por que você chora? Não há respostas. Nada aconteceu, tudo está normal. Você adormece. Sonha. A paisagem é muito bonita. Você se emociona. Não quer acordar, mas acorda. Levanta, olha as horas no relógio, abre a cortina, o sol começa a querer sair. E você também...

O celular já está na sua mão, e as fotos de volta à rede social. Com os dois polegares você inicia uma conversa com alguém. Resolve tomar um banho e depois colocar a roupa que mais gosta. O sorriso está de volta ao seu rosto. Você conversa com as pessoas antes de sair de casa. Pergunta como estão. Agradece por tudo. Abre a geladeira, enche o copo com água e o levanta. Propõe um brinde a todos. Mas o que vamos brindar?

À tristeza! Porque sem ela não conheceríamos a felicidade...

ONDE ESTÁ O BANDIDO?

Geralmente nas novelas identificamos de imediato o bandido ou o vilão. Desde o início da trama, o bandido aparece fazendo suas maldades, disseminando o ódio e a violência, e acabamos por sentir muita raiva dele, até o momento em que ele é desmascarado e punido de forma severa. O que acontece só nos últimos capítulos.

Nos filmes é o mesmo roteiro. O que muitas vezes muda é que nos filmes mostra-se o outro lado do bandido, a sua história. Ele não nasceu bandido, mas se tornou um pelo ambiente em que vivia, como no pensamento de Rosseau[23], "O homem nasce bom, mas a sociedade o corrompe". Todavia, o bandido permanece mau até o fim do filme, e geralmente morre de forma trágica, para pagar seus pecados.

---

[23] ROSSEAU, Jean Jacques. *Discurso sobre a origem e os fundamentos da desigualdade entre os homens.* Tradução de Maria Ermantina Galvão. São Paulo: Martins Fontes, 1999.

Na vida real o bandido nem sempre aparece com uma fantasia do mal. Ele não é facilmente identificável, assim como ocorre nos filmes e novelas. O bandido não tem cor, raça, credo ou mora em lugares bem específicos, como alguns possam acreditar. O seu *habitat* não é a favela, não é o bairro pobre, não é a periferia, e sim o mundo. Ele não tem um número, ele não nasceu assim, como se fosse um ser de outro planeta.

De terno e gravata, bem-vestido, elegante ou mesmo em trajes menos requintados, o bandido destila seu ódio e a violência por onde passa ou convive. Não importam a vestimenta e o modo de se expressar. Ele é um ser humano comum, como eu e você que me lê; escolhe lugares para agir e pessoas para atrair, sempre de modo vil e desprezível. Sai cometendo atos de violência, de modo especial contra aqueles que julga indefesos, ratificando a sua inescrupulosidade e o mau-caratismo.

Mas onde está o bandido?

A resposta mais simplória seria "Em todos os lugares", mas boa parte deles está neste momento dentro de casa, abusando, violentando, espancando e maltratando esposas, filhos e idosos. É o que comumente se dá o nome de "violência doméstica", que, mesmo com algum destaque nas mídias, cresce a cada dia, mas que muitos ainda fingem não existir.

Nos filmes e novelas há sempre um final feliz, que é quando o bandido morre. Na vida real nem sempre vai existir um fim para o bandido, mas há sempre um começo...

Comece denunciando!

QUEM DESDENHA QUER COMPRAR?

Os mais velhos dizem que "Quem desdenha quer comprar". Será mesmo verdade?

Tentar desvalorizar o produto ou o serviço prestado por alguém, ou o que chamamos de barganhar, é prática comum nos negócios. Isso acontece em muitas áreas de nossa vida. Seja quando você vai contratar um pedreiro para realizar serviços de alvenaria, seja quando vai ao mercado comprar frutas e verduras, seja até mesmo na hora de adquirir um carro ou uma casa. Não importa o valor do bem, sempre vamos pechinchar.

O problema maior é quando fazemos isso inconscientemente, mesmo não estando numa loja ou no mercado. Dois exemplos são muito comuns. O primeiro trata daquelas pessoas que gostam de rotular pessoas e ocupações. Há mulheres que costumam dizer: "Homem é tudo igual"! Mas será mesmo? Penso que para ter essa certeza seria preciso conhecer todos, sem exceção. O desejo de quem promove esse discurso não é disseminar o ódio contra os homens, e sim o de conhecer alguém interessante, que dê e receba amor, de compartilhar com o outro bons sentimentos. Ela está desdenhando, mas no fundo quer comprar. Pode ser que "o produto" que ela queira esteja em falta na prateleira, ou não se encontra onde ela está procurando, mas que ele existe isso não resta dúvidas.

O segundo exemplo parece ser também bastante comum no dia a dia. Já ouviram dizer que funcionário público é preguiçoso? Que ganha bem e não gosta de trabalhar? Pois é, geralmente quando isso acontece fico me perguntando se a pessoa que profere esse tipo de discurso não é frustrada por não ter sido aprovada num concurso público ou se nunca se candidatou a uma vaga por não se achar competente ou habilitado o suficiente para ter êxito nas provas. Do mesmo modo, são aqueles que criticam todo e qualquer empresário, afirmando que empresas exploram o trabalho dos outros. Será que esses críticos não gostariam também de ser empresários? Mas será que têm qualidades empreendedoras, tais como coragem para correr riscos, persistência, habilidade com vendas, inteligência emocional, entre outras? Talvez não...

Ao ir às compras, precisamos ter o espírito preparado para voltarmos de mãos vazias para casa. Nem sempre vamos ter dinheiro suficiente. Outras vezes o produto pode ser diferente do que julgávamos. E ainda, ao depreciarmos determinado produto, pode ser que outra pessoa o compre enquanto pensamos na melhor escolha. Pior que não encontrar o produto é tê-lo em suas mãos e perdê-lo para o concorrente.

Talvez o que mais importa é não desvalorizarmos o produto ou quem o vende, porque, quando o fazemos, cometemos o erro de generalizarmos tudo, correndo o sério risco de colocar, injustamente, todos no mesmo barco. Por fim, não poderia terminar este texto sem indicar a famosa fábula de Esopo[24], *A raposa e as uvas*. Quem a ler vai compreender...

VAMOS DESATAR OS NÓS?

É comum darmos um nó bem forte no cadarço do tênis para que ele não saia do pé. É preciso que eles (tanto o nó quanto o tênis) estejam bem firmes, justos, para que o caminhar seja seguro. Ao chegarmos da caminhada, desfazemos os nós, para que os tênis sejam retirados dos pés, e que esses possam ficar livres. Uma confortável sensação de liberdade...

Na vida temos o costume de dar muitos nós. E muitos deles são tão apertados que fica quase impossível desatá-los. Eu disse "quase"! Porque com algum esforço e empenho conseguimos desamarrar os cadarços que nos impedem de caminhar, nos prendendo a um passado longínquo, que nos imobiliza, ou a um futuro que nem sabemos se existirá.

Algumas pessoas são como nós em nossas vidas. São amarras tão fortes que nos obstaculizam, nos dificultam o crescimento, o desenvolvimento, o pensar grande, o pavimentar novos caminhos. O problema é que alguns enxergam os nós como segurança, afinal de contas são eles que nos dão a confiança (ou a sensação dela) de que nada de mau nos acontecerá. Mas essa confiança nos imobiliza e, em vez de darmos um passo para a frente, prendemos os pés no chão e nos vemos acuados, tendo que voltar.

A sensação de que estamos seguros nos torna cômodos, satisfeitos, e ao sairmos de nossas cavernas vemos muita luz, talvez tanta que nem possamos enxergar todos os caminhos, mas eles estão todos lá. Nos amarramos com tal força a alguém ou a uma ideia, que passamos a ignorar o óbvio, e continuamos a viver de forma alienada.

---

[24] ROCHA, Ruth. *Fábulas de Esopo*. São Paulo: Melhoramentos, 1986.

Precisamos desatar os nós que nos prendem ao comodismo, à vida medíocre e principalmente àquelas pessoas que não sonham, não vivem, que estão ancoradas no mesmo porto, como um velho navio, esperando o fim chegar. É inevitável desamarrar os nós que prendem os nossos pés, que nos impedem de pisar a areia fina e sentir o frescor de um novo caminhar, de um novo viver.

E então? Vamos desatar os nós?

O QUE ESPERAR DOS OUTROS?

Nada! Poderia encerrar o texto aqui...Mas o nada pode significar tudo para algumas pessoas. Afinal de contas, esperar é ter paciência, e isso é uma virtude... Ou não?

O ditado diz que "quem espera sempre alcança". Alcança o quê? Se esperarmos por alguém ou que os outros tomem atitudes, poderemos aguardar a vida toda, pois, como dizia Epicteto[25], "existe apenas um único caminho para a liberdade – desprezar aquilo que não está sob o seu poder". Então, esperar pelos outros não nos torna virtuosos, apenas escravos.

Em tempos de pandemia a regra é: "Use a máscara"! Mas muitos não a usam. Tiram-na da consciência e a colocam no queixo. É como aquele estudante que carrega alguns livros quando viaja – leva na bagagem para não os levar na consciência. Contudo, não estou aqui para falar dos que quebram regras, e sim dos que a seguem, porque esperar pelo bom senso dos outros é sonho irrealizável.

Nessa perspectiva, não espero que ninguém faça nada de bom por mim, porque a frustração pode ser um efeito colateral muito grave, pior até mesmo que a expectativa do esperar. Sendo assim, não espero que o governo faça algo por mim, que o meu chefe me elogie, que os meus colegas de trabalho gostem de mim, que minha esposa me diga todos os dias que me ama. Não espero nada, porque assim não corro o risco de sofrer esperando...

---

[25] EPICTETO. *Manual para a vida. Enchiridion de Epicteto.* Tradução de Edson Bini. São Paulo: Edipro, 2021.

Quem espera quase nunca alcança, mas quem age pode ser que consiga. No livro *A felicidade, desesperadamente*[26], André Comte-Sponville reforça esse pensamento quando diz que "não é a esperança que faz os heróis: é a coragem e a vontade". Vontade de fazer a sua parte, o que lhe cabe fazer. Coragem para agir, mudar, realizar, sem esperar pela opinião ou ação dos outros. Ou o ensinamento de Sêneca: "Quando você desaprender de esperar, eu o ensinarei a querer[27]".

Lembram-se da história do beija-flor que tentava apagar o incêndio na floresta? Pois é...Se cada um fizer um pouco, sem esperar pelo outro, talvez o ambiente no qual compartilhamos esse negócio chamado de vida melhore. É uma alternativa.

E você está fazendo a sua parte? Ou continua esperando pelos outros?

ESTAMOS PREPARADOS PARA ENVELHECER?

Fugimos dessa pergunta, assim como fugimos da velhice ou, para os mais otimistas, da "melhor idade". Ninguém quer envelhecer! Talvez por isso a indústria de cosméticos fature tão alto a cada ano, assim como o número de cirurgias plásticas tem crescido exponencialmente nas últimas décadas.

O problema não é envelhecer, porque isso vai acontecer naturalmente, a não ser que você tenha o mesmo DNA de *Dorian Gray*, personagem de Oscar Wilde[28]. O "como" envelhecer parece ser o xis da questão.

De início é importante pontuarmos que nós (brasileiros) não temos muito o hábito de pensar na velhice. Como é algo muito distante, vamos deixando o assunto pra depois... Bem depois. E muitas vezes nos assustamos quando a senilidade nos toca.

---

[26] COMTE-SPONVILLE, André. *A felicidade, desesperadamente*. Tradução de Eduardo Brandão. São Paulo: Martins Fontes, 2001.

[27] COMTE-SPONVILLE, André. *A felicidade, desesperadamente*. Tradução de Eduardo Brandão. São Paulo: Martins Fontes, 2001.

[28] WILDE, Oscar. *O retrato de Dorian Gray*. Rio de Janeiro: L&PM, 2001.

Durante o caminho de nossas vidas, alguns sinais nos aparecem: dificuldade em manter o peso, pois o metabolismo reduz; maior quantidade de idas ao médico, que por consequência aumenta também o número de medicamentos consumidos; dores constantes no corpo; enfim, problemas antes inexistentes e que agora são recorrentes.

Não há como fugir dessa realidade! A solução (se é que há uma) pode estar no presente, para que o nosso futuro seja menos doloroso. Alimentação saudável, atividades físicas regulares e boas noites de sono costumam ser essenciais, segundo os estudiosos. Mas como ainda falta muito tempo, não nos preocupamos com isso, nem nos interessamos por esse tipo de conversa.

Outro ponto fundamental é a sua mente. Ter levado uma vida sem amarguras, decepções, desilusões, caça aos culpados pelos seus fracassos faz com que sua velhice seja mais prazerosa ou menos dolorosa. De acordo com alguns cientistas, as pesquisas mostram que a nossa vida no futuro terá estreita relação com o que vivemos no passado. E aqui vale lembrar: não é ficar pensando no passado, porque ele já passou, mas ter bons pensamentos e realizar boas ações no agora, para que o futuro possa ser diferente.

Nesse sentido, é preciso que tomemos decisões acertadas neste momento, porque daqui a dez, vinte ou trinta anos vamos olhar para trás e nos perguntar: "Por que não me cuidei melhor"?

AS APARÊNCIAS ENGANAM?

Este é mais um texto que tem por objetivo fazer a gente pensar, refletir. Por isso, vamos nos fazer algumas perguntas.

Qual seria a sua sensação se assistisse somente ao último capítulo da novela? E aos últimos dez minutos de um filme? Se lesse a última página de um livro sem ter lido o restante? E se te convidassem para uma festa, mas só para o final dela? E se pedissem a sua opinião sobre uma dissertação pela leitura apenas da conclusão?

Certamente as sensações seriam as mais diversas. Para começar, nada entenderíamos a respeito do filme, do livro ou da dissertação.

A sensação seria de total frustração e incompreensão. Para outros o sentimento seria de satisfação, pois, se o fim foi bom, é sinal de que o filme ou o livro (início e meio) também foram. Será? Na arte, os fins costumam ser felizes, mas a realidade parece ser bem diferente.

É mais ou menos assim que nos sentimos com relação à política que é praticada nas cidades interioranas. Dos quatro anos que os administradores municipais têm para realizar obras, implantar projetos ou resolver problemas do município, somente no último é que as coisas acontecem.

Quais os sentimentos diante desse cenário? Frustração, incompreensão, incômodo e um monte de adjetivos que não caberiam nesta página. Como acreditar que somente no último ano da gestão é que o dinheiro apareceu? E com ele surgem os canteiros de obra, as ruas limpas, a iluminação pública funcionando, os buracos tapados, os eventos acontecendo... Tudo muito feliz, funcionando como se fosse sempre assim!

Quando me perguntam quais são as duas coisas que mais me abominam no dia a dia, eu sempre respondo: "Falta de educação e subestimar a minha inteligência". Se repararem, as duas se complementam, porque, quanto mais educação recebemos (no sentido de escolarização), mais chances temos de sermos questionadores e usarmos a nossa inteligência pra dizer não a esse tipo de política.

Necessitamos ter uma visão holística e entender que ler um livro, assistir a um filme ou refletir sobre algum tema deve ser feito olhando o todo e não somente uma parte. Enquanto enxergarmos as coisas, a vida e especialmente a política somente por um ângulo, do outro lado alguém estará agindo de forma sorrateira, iludindo os poucos inteligentes e manipulando os inocentes.

Por isso, reforço: cuidado! As aparências podem enganar...

AS PESSOAS SÃO BOAS OU MÁS?

A resposta mais óbvia seria "as duas coisas". Sempre haverá pessoas boas e pessoas más. Mas o que torna uma pessoa boa ou má?

Alguém poderia responder de imediato: "Ora, fazer o bem ou fazer o mal". Mas o que é o bem? O que é o mal? Não consigo defini-los de forma exata. Vamos analisar a história (fictícia) abaixo, para exemplificar e tentarmos entender um pouco da bondade e da maldade.

Meu vizinho deu uma festa em sua casa, que virou a madrugada. Eu, não conseguindo dormir, liguei para a polícia e o denunciei. A polícia chegou e acabou com a festa. Pergunto: fiz o bem? Sim. Para quem? Para mim. Fiz o mal? Sim. Para quem? Para meu vizinho e seus convidados. Depois de resolvido o meu problema, posso fazer um exame de consciência e me perguntar: Por que denunciei meu vizinho? Pensando em mim ou também nos outros vizinhos? Se foi só em mim, posso ter sido egoísta. Por que denunciei meu vizinho? Por que o barulho estava me atrapalhando a dormir ou por que não fui convidado para a festa? É possível crer que fui invejoso ou não? Cumpri meu papel de cidadão e fiz valer a lei. Mas eu sempre cumpro a lei? Ou só quando ela me é favorável?

Reparem que ninguém é cem por cento bom, e com certeza não é mau também. Somos pessoas boas, que algumas vezes agimos de forma maldosa, assim como podemos ser maus e vez ou outra fazer o bem.

O problema é que culturalmente somos ensinados ou induzidos a acreditar que algumas pessoas nascem boas ou más, e isso depende da cor, da raça, da família, da religião, de fatores sociais e econômicos, enfim, de características que nada têm a ver com o caráter.

As pessoas da nossa família são boas, porque são confiáveis e trabalhadoras. As pessoas que frequentam a nossa igreja são boas, porque sempre pensam no coletivo. No nosso trabalho as pessoas são ótimas, pois estão sempre dispostas a se ajudarem. Tudo aquilo de que fazemos parte é sempre bom, mas quando estamos ausentes pode ser que seja mau.

Quais as chances de um pobre ou de um negro cometer um delito? Brancos e ricos são sempre mais confiáveis? Existe genética na bondade e na maldade? Quem comete violência doméstica é menos bandido que quem a comete nas ruas? Fatores sociais e econômicos são sempre avaliados estatisticamente? Afinal, quem é bom? E quem é mau?

PERGUNTAS SEM RESPOSTAS

Precisamos ter cuidado na busca por respostas, pois tanto a maldade quanto a bondade podem estar bem próximas a nós, e a diferença entre elas pode estar num simples olhar.

O QUE É UM ABSURDO?

Para início de conversa, vamos definir o que é um absurdo. Segundo o dicionário, "*é um adjetivo na língua portuguesa que se refere ao que é destituído de razão, de propósito ou de sensatez*"[29].

Numa reunião de trabalho, uma colega diz: "É um absurdo a pessoa agir dessa forma". Naquele instante um pensamento me surge: "Por que é um absurdo"? E pensando, me fiz o seguinte questionamento: comprar um buquê de rosas e dá-lo à pessoa amada seria um absurdo? Afinal de contas, você vai gastar dinheiro adquirindo algo bastante perecível, e isso é irracional. Seria sensato dar esmolas sem saber antes como o mendigo vai gastar aquele dinheiro? Ajudar o outro é um absurdo?

Reparem que absurdos são sempre vistos com relação ao outro, nunca a nós mesmos. É um absurdo a mãe deixar os filhos na creche para voltar ao mercado de trabalho. É um absurdo o seu colega de trabalho querer sair da empresa para ganhar mais ou trabalhar menos. É um absurdo não convidar o seu vizinho para o churrasco de sábado. É um absurdo ser homossexual, não gostar de futebol, continuar solteiro depois dos trinta, não querer ter filhos, gastar seu dinheiro viajando...

Pessoas que se indignam com tudo, especialmente com relação ao que não é da sua conta, precisam urgentemente praticar a empatia. E não é fácil essa prática. Se colocar no lugar do outro exige esforço, porque além de boa vontade é necessário que nos livremos de algumas crenças ou paradigmas. Se somos religiosos, consideramos um absurdo alguém não se casar na igreja. Se somos ateus, achamos um absurdo a pessoa se casar na igreja. É sempre assim, pensamos sempre em nós e nunca nos outros.

---

[29] Absurdo. Disponível em: https://www.dicio.com.br/absurdo/. Acesso em: 4 set. 2023.

Por isso, todas as vezes que alguém diz "É um absurdo", eu me pergunto: "Pra quem"? Afinal, eu não conheço a pessoa, não sei o que ela já viveu ou como foi educada, não sei nada a respeito de sua vida, não conheço suas angústias e sofrimentos. Prefiro então me calar, em vez de afirmar que essa ou aquela atitude é absurda.

Procuro fazer sempre o exercício de me colocar no lugar dos outros, antes de expor minha opinião ou fazer um comentário. Isso me faz muito bem, porque muitas vezes consigo perceber que absurda não é a conduta ou a fala do outro, e sim a forma preconceituosa ou absurda que penso a respeito dela.

QUANTO VALE A SUA FAMÍLIA?

Essa pergunta é bem simples de responder. Se ela fosse feita num almoço de domingo ou numa igreja, todos responderiam de forma uníssona que a família é tudo!

Dizer que família é importante está no rol de frases do politicamente correto. Quem quer agradar o outro repete isso a todo momento. O problema é quando o discurso difere da prática.

O sujeito recebe uma bela proposta de trabalho, mas terá que se mudar para outro estado, deixando a família, seja esposa, filhos, primos, tios, tias, pai e mãe. O que ele faz? Diz sim, afinal não é todo dia que se recebe uma oferta financeira tão boa.

No entanto, a pressão dos amigos, especialmente dos familiares, surge questionadora: Mas e a família? A partir daí esse mesmo sujeito cria várias teorias para tentar explicar o inexplicável, ou para esconder o que está claro: a família não é tudo! A família não é prioridade!

Uma das teses criadas para a escolha é muito comum: "Estou fazendo isso pensando na família". Se tudo der certo, a pessoa voltará daqui a cinco ou dez anos para dar à família uma vida melhor. Mas o que é melhor para a família? Ela foi consultada?

Certamente muitos de nós passamos por essas escolhas na vida e encontramos algumas desculpas que vamos deixando pelo caminho. O discurso é bem pensado, as palavras são medidas criteriosamente, mas o dia a dia nos mostra que as opiniões são bem distintas das ações. É o que chamamos de incoerência.

O que fazer então? Uma boa saída seria a busca pelo autoconhecimento. Se me conheço, ainda que pouco, sei do que gosto e do que me faz bem, ou pelo menos sei do que não gosto e daquilo que não quero pra minha vida. Se, inicialmente, compreendermos esse "conhecer-se", as coisas caminharão para uma segunda etapa, em que outras perguntas podem surgir: "Estou sendo sincero comigo?", ou "Sou realmente uma boa pessoa?".

É preciso entender que algumas indagações irão nos ferir, pois a partir de suas respostas encontraremos a verdade (se é que ela existe), nos desnudando, mostrando quem realmente somos. Será que é realmente isso que queremos? Quanto vale a sua família? E a sua satisfação pessoal? Talvez o melhor mesmo é continuarmos fingindo...

MUNDO IDEAL OU MUNDO REAL?

Em qual dos mundos você vive atualmente?

Essas perguntas são difíceis de responder. Por isso é importante definirmos o que são os dois mundos, a partir de dois substantivos femininos: realidade e imaginação.

No mundo ideal tudo é perfeito. Não sentimos dores. Não sofremos. Não temos medos. Tudo é paz e felicidade! As pessoas são boas e todos aqueles com quem convivemos nos fazem bem, ou pelo menos nos querem bem.

Muitos de nós vivemos nesse mundo ideal, como se a morte não existisse, como se o bem sempre prevalecesse o mal, como se a finitude fosse algo distante. Os sofrimentos só acontecem aos outros, nunca chegarão a nós. No mundo ideal todos têm propósitos na vida, todos são solidários, todos se amam. É o conhecido faz de conta. O mundo finge que nos ensina e nós fingimos que aprendemos.

No entanto, sabemos que não é bem assim, quando nos descobrimos no mundo real. Quando perdemos um ente querido, quando somos alvos de uma traição, quando somos demitidos, quando somos reprovados. Esse é o mundo real! E a realidade, por incrível que pareça, ainda nos choca, porque também fingimos que não a conhecemos.

Como combustível para continuarmos vivendo no mundo ideal, surgem as religiões, que de alguma forma tentam nos dissuadir do sofrimento ou nos acalentam dizendo que haverá outra chance numa próxima vida. Compreendemos as palavras carinhosas, mas precisamos sofrer, pois sem o sofrimento não vamos crescer e, pior, continuaremos frágeis, vacilantes a cada obstáculo que surge em nossas vidas. É o mundo ideal nos puxando para dentro dele...

Dessa forma, fugimos sempre à nossa realidade, correndo das dores, buscando nos apoiar em argumentos que quase sempre são rúpteis. Escolhemos viver no mundo ideal, porque o mundo real nos traz muitos sofrimentos. Nos escondemos a todo instante, como se o inimigo estivesse de tocaia. Não viajo, não saio de casa, não tenho amigos, não me envolvo, não me relaciono, não me entrego, porque a qualquer momento a dor do mundo real pode me atingir.

O que fazer então? Temos uma saída?

Talvez possamos seguir o mesmo conselho que Horácio Flaco[30] deu à amiga Leucone no século I a.C: *"Carpe diem, quam minimum credula postero"* (Aproveite o dia e confie o mínimo possível no amanhã).

ONDE ESTÁ A MOTIVAÇÃO?

Pessoas e empresas buscam a resposta e precisam desesperadamente encontrá-la. Por que a motivação é um tema que fascina tanto as pessoas?

Em vez de uma, agora temos duas perguntas difíceis de responder. Primeiro precisamos entender o que é motivação. Se separarmos a palavra, encontraremos que é o motivo que leva à ação. Simplificando, é tudo aquilo que nos leva a agir, a sair da zona de conforto, a nos movimentarmos.

Mas por que vamos querer nos movimentar se parados estamos bem? É aí que está o xis da questão. Em que momento resolvemos

---

[30] HORÁCIO. Odes. Tradução de Pedro Braga Falcão. Edição bilíngue. São Paulo: Editora 34, 2021.

PERGUNTAS SEM RESPOSTAS

agir? O que despertou em nós o desejo de caminhar, de mudar, de tomar uma atitude?

Como somos seres individuais, únicos, diferentes de todos, certamente cada um vai saber o que o estimula a sair do lugar. Se gostamos muito de dinheiro, é ele que nos moverá. Se começamos na empresa ganhando um salário-mínimo e sabemos que o nosso chefe ganha quatro vezes mais, talvez melhoremos o nosso desempenho, porque sabemos onde está o alvo, então vamos nos movimentar.

Contudo, nem sempre a motivação vai ser financeira. Ser reconhecido é também uma forma de estar motivado, podendo ser um elogio, uma promoção, um brinde, um convite ou qualquer outra ação que traduza o quão satisfeitos estão com o nosso trabalho ou com a nossa conduta.

O que torna a motivação um tanto confusa é quando as pessoas ou as empresas tentam padronizá-la. Crescer na empresa pode não ser a nossa ideia. Receber um valor financeiro a mais no final do mês pode não ser a melhor solução e para tal tivermos que sacrificar algumas horas da noite ou dos finais de semana. Nessa perspectiva é importante enfatizar: "Ninguém motiva ninguém"!

A motivação é fascinante exatamente porque talvez nunca descubramos o que motiva o outro, nem mesmo o que nos motiva. Ela é mutável. Hoje posso estar motivado por alguma recompensa e amanhã pensar diferente. Se olhar para dentro é difícil, imaginem então olharmos para dentro do outro. É praticamente impossível!

As pessoas e as empresas vão continuar buscando respostas para todas as perguntas relacionadas à motivação, e vão encontrar algumas, mas nunca terão a certeza de que são essas as respostas verdadeiras, aquelas que vêm do coração. E como diz o ditado: "Coração é terra que ninguém vê".

Já descobriram onde está a motivação?

PRECISAMOS DE LÍDERES?

Início tentando responder à pergunta do título com a frase de Voltaire: "Se Deus não existisse, seria necessário inventá-lo[31]".

Necessitamos, uma vez que somos humanos, seguir alguém. Desse modo, precisamos de alguma orientação, que nos mostrem um caminho, que nos auxiliem na escolha, nas decisões ou em qual rumo tomar.

Precisamos de líderes para nos espelharmos. Seguimos seus pensamentos, conselhos, e enaltecemos suas atitudes. Eles se tornam então nossos ídolos, e como temos dificuldades em fazer escolhas solicitamos a eles que nos ajudem, ou que pelo menos nos sejam inspiração para seguir vivendo.

O problema maior é exatamente este: quando o líder se torna ídolo. Ele passa a exercer sobre os outros um fascínio ilimitado, e tudo o que diz, pensa ou faz torna-se um dogma. O ídolo passa a representá-los, tornando-os parte do seu rebanho, seja pela doutrinação, pela intolerância da opinião contrária ou pela impossibilidade de diálogo. A esse movimento damos o nome de fanatismo. Ou seria fascismo?

A intolerância dos fanáticos os torna medíocres, sem pensamento próprio, sem ideal, porque só concebem pensar ou agir mediante a ordem ou pensamento do líder. Segundo o psiquiatra e filósofo argentino José Ingenieros, em seu livro *O homem medíocre*[32], "pensam com a cabeça dos outros, compartilham a hipocrisia moral alheia e ajustam seu caráter à domesticidade convencional".

Penso que necessitamos de líderes, sim, e não de salvadores da pátria; precisamos nos inspirar pelo bom exemplo do líder, mas não sermos míopes a tal ponto de não enxergarmos seus vícios e defeitos. Nas diversas áreas da vida, de modo especial na política, elegemos presidentes, governadores, prefeitos e vereadores, porque nos inspiram confiança não pelos modos e conduta, mas principalmente pelos discursos. A maioria não é líder, mas preferimos acreditar que sim.

---

[31] VOLTAIRE. Disponível em: https://super.abril.com.br/ideias/se-deus-nao-existisse-seria-necessario-inventa-lo-voltaire. Acesso em: 5 set.2023.

[32] INGENIEROS, José. *O homem medíocre*. Tradução de Lycurgo de Castro Santos. 2.ed. São Paulo: Ícone, 2012.

Por isso, enquanto formos fanáticos e medíocres, continuaremos precisando de líderes, sendo eles divinos ou humanos. E quando tomarmos a consciência de nosso poder e de nossa cidadania, e descobrirmos que as mudanças podem e devem partir de baixo para cima, talvez passemos a acreditar menos neles e mais em nós.

VIVEMOS NUM MUNDO PADRONIZADO?

"As muito feias que me perdoem, mas beleza é fundamental"[33], disse o poeta Vinícius de Moraes. Mas pergunto: o que é o feio? E o que é o belo? Alguém pode definir? Por que os cabelos crespos são chamados de ruins? Por que tantos sorrisos nas fotos? Ser feliz é um padrão de vida?

Vivemos num mundo padronizado, seja pela moda, seja pelas tendências; a ideia do que é belo passa pelo artificial, pela montagem, por definições que não condizem com o todo, mas pela maioria. Uma maioria que aponta, que escolhe e define a vida de tantos. O que é bom não passa mais pelo nosso crivo e sim dos outros, dos especialistas, dos estudiosos, dos famosos. São eles que sabem dizer o que é bom e o que é ruim, pra eles e pra nós.

Guiados pelas mídias que dizem seguir as tendências, passamos dessa forma a optar pelo padrão. Corpo escultural, sorriso brilhante, cabelos lisos, olhos claros, barriga definida ou negativa. Está aí o padrão de beleza. Definido por quem? Por mim? Por você? Ou pelos outros?

Sofremos demasiadamente com os padrões, sejam físicos ou comportamentais. Mesmo assim queremos segui-los. Não fazemos mais escolhas pelo que gostamos, e sim por aquilo que nos oferecem como padrão. Trocamos o café pelo chá, porque o chá ajuda no emagrecimento. A esteira da academia toma o lugar da caminhada ao ar livre, porque não basta fazer atividade física, é preciso que todos vejam que eu estou pagando.

---

[33] MORAES, Vinícius de. Receita de mulher. In: MORAES, Vinícius de. Novos poemas (II) (1949-1956). Rio de Janeiro: Livraria São José, 1959.

Padronizamos os afetos sem nos darmos conta disso. Dia das Mães. Dia dos Pais. Dia dos Namorados. Dia Internacional da Mulher. Se esquecemos de parabenizar alguém nessas datas, somos desumanos, não gostamos mais quanto antes, e seremos durante muito tempo julgados. Dar presentes no Natal, reunir a família, dizer que ela é importante, demonstrar carinho pelas crianças, casar, ter filhos, ter uma profissão, postar que é ou está feliz... Tudo isso é sinônimo de vida – uma vida padronizada.

Ninguém quer amar o feio, porque ele é diferente. O feio não perde tempo fazendo *selfies*. Ele não posta suas felicidades, ainda que poucas e reais. A vida dele não é interessante, porque não interessa a ninguém o seu corpo disforme ou a sua felicidade em comer um pote de doce ou se embriagar num dia de semana. Os padronizados gritam: "Desse jeito você vai morrer"! Como se os belos e magros fossem viver para sempre. Devemos desejar ter saúde, mas para viver, não para mostrar aos outros. E lembre-se de que o corpo ideal sempre vai ser o seu.

Competimos o tempo inteiro, porque a competição é também padronizada. Competir é importante e vencer é mais ainda. As vitórias são sempre merecidas. Elas têm mérito. Guardem esta palavra: "mérito". Existe mérito quando as oportunidades são diferentes? Não vale mais competir, agora o que vale mesmo é ganhar. A medalha de segundo colocado não serve, jogamos ela fora.

Para não me alongar, termino com um ditado africano que diz *"Até o leão aprender a escrever, a história exaltará a versão do caçador"*[34]. Assim continuamos reverenciando o caçador, nos curvando à maioria, achando que o mais importante é ser o melhor, é ser o mais belo. Talvez um dia, quando aprendermos a olhar pra dentro, descobriremos que a beleza interior vale muito mais que qualquer estereótipo.

---

[34] GOMES, Laurentino. *Escravidão: do primeiro leilão de cativos em Portugal à morte de Zumbi dos Palmares*. Rio de Janeiro: Globo Livros, 2019. v. 1.

O QUE É O AMOR?

Será que conseguimos definir o que é o amor? Acho difícil, mas vamos tentar.

Quando mais novos, confundimos amor com paixão, dizendo a todo instante ao outro "Eu te amo". Descobrimos com o tempo que falar é mais fácil que sentir. Como costumo dizer: a paixão vem cedo, mas o amor só chega mais tarde. E é a maturidade que nos faz perceber que amar envolve muito mais sentimentos e ações que apaixonar. A paixão é fugaz, efêmera, passageira. O amor é tenaz, forte, duradouro.

Amamos não só na presença do outro, mas principalmente na sua ausência. Se viajo, penso: "Ela gostaria de estar aqui vendo essa paisagem ou visitando aquela loja". Se ela sai, pensa: "Vou compartilhar com ele o que vivi na sua ausência". Amar rima com abdicar, abrir mão, renunciar, mas não sofrer com a atitude tomada, e sim o fazer de boa vontade, em função do outro. Nesse sentido, amar é sempre uma troca, na qual o que vale mais é a felicidade do outro: "Se você está feliz, eu também estou".

Contudo, vivemos num mundo cada vez mais líquido e individualista, assim sendo não é simples encontrar alguém que troque sua felicidade pela do outro, porque a própria palavra diz "troca", ou seja, os dois dão, mas também recebem. É por isso que repito que casamento tem mais a ver com parceria que com amor. Porque, quando amamos, penso muito mais na minha parceira que em mim e vice-versa. E se pensamos assim, o principal objetivo que temos em comum será alcançado – estar juntos e felizes.

Como se pode ver, é complicado explicar o amor, mais difícil ainda é limitá-lo, talvez porque ele não seja racional, padronizado, ou tenha uma fórmula que possamos sempre utilizar.

Pra mim, a frase que melhor define ou que se aproxima do conceito de amor é "Quem ama cuida".

E QUANDO O FRACASSO BATER À SUA PORTA?

Fracassar é um verbo proibido na nossa sociedade. Ser reprovado, não bater a meta, não atingir os objetivos, perder...Tudo isso reflete uma única palavra: fracasso.

No entanto, inevitavelmente o fracasso vai bater à sua porta algum dia, seja profissional ou pessoalmente. Afinal de contas, fracassar parece ser bem mais fácil que vencer, que triunfar. O xis da questão é saber como reagiremos diante dele.

Quando praticamos algum esporte, temos a consciência de que a derrota faz parte do jogo. Perder ou ganhar é então uma consequência. Então focamos sempre isso, ou seja, o resultado. Existem duas formas para analisarmos uma derrota ou um fracasso, já que quando ganhamos geralmente não pensamos nisso, somente em comemorar. A primeira delas é se julgar inferior e reconhecer que o adversário ou que as circunstâncias tiveram um forte peso na disputa. A segunda é reconhecer que algumas coisas precisam ser mudadas e elas só acontecerão por uma via: atitude!

Ao falarmos de uma partida de futebol, por exemplo, sabemos quem são os nossos adversários. Já quando o assunto é a nossa vida, objetivos pessoais e profissionais, os nossos adversários podem ser muitos, incontáveis e principalmente imaginários. Quer um exemplo? O medo. Ele não existe fora de nós, não é palpável, não o enxergamos, mas sabemos que ele existe, que está bem próximo. É coisa da nossa imaginação, mas existe!

Perder dói! E a dor é muitas vezes insuportável. Mas pior que a dor é encontrar culpados para ela. Quando você fica gripado, sempre acha um culpado. Foi o sereno, foi a chuva, foi o ar-condicionado, foi fulano que "te passou a gripe". É preciso mudar o olhar! E olhando para dentro, talvez possamos descobrir a causa da dor. Falta de vitaminas no organismo, vida desregrada, alimentação ruim, baixa imunidade etc.

Os fracassos, as derrotas, as dores podem também ser chamadas de contingências, ou seja, em algum momento, de forma inesperada, surgirão em nossas vidas, nós querendo ou não! Muitas vezes não nos preocupamos com o fracasso, porque estamos sempre vencendo e comemorando, fazendo com que ele se torne invisível para nós. E isso é salutar... Até certo ponto.

Mas se ele um dia bater à sua porta, lembre-se de que ao abri-la você precisa ter um olhar diferente para ele. Primeiro você vai olhar para dentro e em seguida para fora.

VOCÊ FAZ O QUE GOSTA?

Fazer o que gosta é sempre difícil, porque dificilmente conseguimos definir do que gostamos. Para tanto, precisamos nos autoconhecermos, e quem sabe assim consigamos agir conforme os nossos gostos.

É preciso pontuar que fazer o que gosta não está só relacionado ao trabalho. Sabemos que o trabalho é importante, mas que ele ocupa (ou deveria ocupar) apenas um terço do nosso tempo. Além do lado profissional, é válido ressaltar, precisamos fazer coisas ou agir de acordo com aquilo em que acreditamos e sentimos satisfação.

Na vida pessoal, fazer o que gosta tem a ver com ouvir as músicas que te emocionam, ler livros de assuntos que lhe dão prazer, assistir a filmes que te fazem refletir ou simplesmente que te fazem sorrir. Por que digo isso? Porque temos uma forte tendência a querer agradar os outros e esquecemos, ou deixamos de lado, as nossas preferências, os nossos gostos.

Prefiro escrever sobre temas que tratam de situações ou sentimentos vividos, e não de pessoas de modo específico. Nesse sentido, fazer o que gosto demonstra mais sobre minha personalidade que tentar entender ou criticar a dos outros. Muitas vezes deixamos de expor o que pensamos ou sentimos por temer a reação dos outros, e acabamos nos preocupando demasiadamente com a opinião alheia. Exemplificando, se você gosta de ler livros de autoajuda, não tenha vergonha de dizê-lo, é um gosto seu, que diz respeito a você e ninguém tem a nada a ver com isso. Fazer o que se gosta é mais importante!

Cozinhar, costurar, escrever, dançar, pintar, bordar, cantar, maquiar, tocar um instrumento musical, enfim, tudo é arte, e se você não acredita, talvez seja porque sua autoestima anda muito baixa.

Fazer arte é fazer o que gosta. Você o faz porque lhe dá prazer e não porque quer impressionar alguém, ou tentar impor às pessoas o seu gosto ou modo de enxergar a vida.

Por isso, leia o que quiser, chore quando sentir vontade, abrace alguém e diga-lhe o quanto o considera importante, e escute no volume que desejar a sua música preferida, porque é isso que nos trará paz de espírito, proporcionando-nos o entendimento de que fazer o que gostamos tem mais a ver com emoção que com razão. Por isso, se o mundo te chamar de irracional, sorria, e seja feliz fazendo o que gosta.

O QUE É PRECISO PARA SER UM BOM PROFESSOR?

A profissão de professor é uma das mais belas, e talvez um dos grandes motivos para tal seja que ele (o professor), à semelhança de um deus onipresente, esteja em todos os lugares. Na escola particular, na pública, com giz, pincel ou projetor de multimídia, na saliva, no gestual, no quadro verde ou de vidro, na sala com porcelanato ou no chão batido, ele sempre vai estar presente.

Questionamentos podem surgir quanto ao profissional, isso é óbvio. Lembro que em todas as áreas temos bons e maus profissionais. Mas neste texto vamos ver o copo meio cheio, pois é do bom professor que vamos falar. Aquele que se torna exemplo quando ninguém da família consegue ser. O que instrui, indica, insiste, que não se preocupa tanto com a nota, que não vê o aluno como número e sim como gente, aquele que fornece o principal alimento – o saber.

O bom professor é igual ao bom aluno: gosta de aprender. É curioso, pergunta, muda, aceita novas possibilidades, discute, é aberto ao diálogo, acredita sempre, mesmo com um pé atrás. Aliás, por falar em curiosidade, essa é uma qualidade que tem faltado a nós, que somos ou que já fomos professores, e também aos alunos. Porque ser curioso é buscar conhecimento, é procurar a fonte, é perguntar "Por quê?". E um porque sim nunca será aceito, porque queremos sair da caverna.

O que mais admiro no professor é a sua qualidade de aprender, e não de ensinar. Se ele está disposto a aprender, estará a ensinar, porque o processo de aprendizagem é assim, uma via de mão dupla. Aprender é buscar respostas, ainda que elas não estejam todas disponíveis. Ensinar também é importante, porque tem a ver com empatia. Quando tento ensinar, coloco-me no lugar do outro, e procuro em todos os caminhos possíveis aquele que vai despertar o interesse, a atenção e o desejo, não só do aprender, mas principalmente do apreender, tomando posse do conhecimento e buscando sua compreensão.

O bom professor sempre será lembrado. Alguém disse que um exemplo vale mais que mil palavras. E é verdade. O exemplo é o espelho para o qual olhamos e desejamos ser. Por isso, a responsabilidade de ser professor é grandiosa e torna a quem o é modelo, não modelo como verdade, mas um molde no qual, com as devidas adaptações, vai se formando.

De todos os professores que tive, os melhores foram aqueles que me corrigiram, não com o intuito de se mostrarem certos, mas com o objetivo de me fazer pensar. O que importa não é saber que dois mais dois são quatro, mas porque são quatro e como chegamos a essa resposta. O que vale a pena é a metodologia e não o resultado. Não é chegar ao final, e sim poder caminhar. Assim deve ser, ou pelo menos deveria ser. É como dizia Rubem Alves[35]: "Educar não é ensinar respostas. Educar é ensinar a pensar".

VOCÊ É DE DIREITA OU DE ESQUERDA?

Perguntas como essa são bastante comuns nos nossos dias. Mas por que temos que definir o lado? Simplesmente porque as pessoas querem separar. Ou você torce para o time A ou você torce para o time B. E se você não quiser escolher? E se buscarmos uma terceira opção? E se quisermos ficar em cima do muro?

---

[35] ALVES, Rubem. *A alegria de ensinar*. 3. ed. São Paulo: ARS Poética, 1994.

Parece muito estranho ter que definir, e é. As pessoas buscam respostas definitivas, sempre dicotômicas, é sim ou não, feio ou belo, gordo ou magro, homo ou heterossexual, preto ou branco. Por que isso? Porque quando você se define o outro sabe com quem está lidando e pode decidir se te segue ou se afasta de ti.

Se me defino de esquerda, os de direita me odiarão, e deixarão pra trás as minhas qualidades, esquecerão minhas boas ações, colocando-me no rol dos excluídos. Minha opinião não mais valerá, ainda que com embasamentos. Da mesma forma, se me proclamo de direita, os de esquerda se afastarão, como se eu tivesse uma doença contagiosa, e minhas virtudes serão trancafiadas num baú velho, esquecidas num quarto escuro.

Como disse antes, dividir é o objetivo. Quando divido, coloco em lados opostos, desuno, separo. E o que ganhamos com isso? Nada. Talvez a liberdade de fazer uma escolha, ainda que ela seja inútil, sem propósito. Escolher um lado parece ser mais relevante que tentar entender os dois. E quando fazemos a escolha, nada mais enxergamos, só aquilo que definimos como certo. A isso damos o nome de fanatismo.

Fanáticos são aqueles que fecham os olhos para os erros e os problemas daqueles de que gostam e, especialmente, atacam aqueles que pensam de modo diferente deles. Certa vez escutei a seguinte frase: "Ou fulano é meu amigo ou é meu inimigo". Mas não existe o meio termo? Uma régua só tem extremos? Onde estão os meios? Cadê o equilíbrio?

Difícil se manter no meio, principalmente quando as extremidades da corda são agitadas de tal modo que o medo de cair te faz pender para um lado. Mas sabemos que o medo é mais da imaginação que da realidade, e ele só poderá ser vencido com o hábito. Nesse caso, habituo-me a ler, não só por fruição, mas por obrigação de conhecer os dois lados (se é que não existem mais). Conheço tipos socialistas que nunca leram Karl Marx, assim como liberais que desconhecem Adam Smith. Como então propor um diálogo se não sei o que estamos discutindo?

No final, descubro que não consigo resolver as dicotomias do mundo, porque elas nunca serão resolvidas. E isso é a parte boa! Porque se fôssemos todos iguais, graça nenhuma haveria em poder conhecer o outro e tentar entendê-lo. Por isso, quando alguém me pergunta qual lado vou escolher, eu respondo: "O lado de dentro".

QUAL CAMINHO SEGUIR?

Essa é, sem dúvidas, uma das maiores dúvidas do ser humano. Qual caminho seguir?

Ao me fazer essa pergunta, a impressão que tenho é de que existem vários caminhos disponíveis e, sendo assim, basta que eu escolha o melhor. Mas qual é o melhor caminho? Como escolhê-lo? Não há resposta única. E o problema é que muitas vezes os caminhos simplesmente não existem, ou seja, somos nós quem vamos construí-los.

Alguém pode dizer que a escolha de um bom caminho passa obrigatoriamente pela racionalidade. Sendo racional farei sempre a melhor escolha, afinal quem escolheria sofrer fazendo uma escolha ruim? A grande questão é ter essa certeza. Temos caminhos já pavimentados, não por nós, mas pelos outros, como nossos pais e familiares, colegas e amigos. Quer ver um deles? *Estudar, formar-se num curso superior, trabalhar, namorar, casar, ter filhos, ter uma casa própria e um bom carro.* São esses seus objetivos? Se sim, o seu caminho já está pronto, falta apenas percorrê-lo. É um bom caminho? Não sei. A resposta é sua.

Mas é preciso sempre lembrar algo importante: somos todos diferentes! Muitos não querem seguir esse caminho. Nesse caso, o trabalho virá antes dos estudos, pois a questão financeira tem um peso maior. Outros não vão querer casar, muitos não querem ter filhos, assim como não ter uma casa própria ou um bom carro pode não ser o sonho de outros tantos. Lembrem-se: não há um único caminho!

É preciso entender que alguns caminhos já existem claramente e outros ainda não, mas, diante dessas possibilidades, é você quem deve escolher entre um e outro, assumindo o seu livre-arbítrio, a sua liberdade de escolha. Como? No dia a dia, no viver, no caminhar, na compreensão de que cada dia deve ser vivido intensamente, não pelos outros, mas por você.

Resumindo: importante mesmo é compreender que não existem caminhos certos ou errados, e que é você o responsável pelo caminhar. Quando isso vai acontecer? Quando você decidir dar o primeiro passo.

POR QUE GOSTAMOS DE SOFRER?

Há uma frase famosa, atribuída a vários autores, que diz que "a dor é inevitável, mas o sofrimento é opcional". Eu vou além, e digo que o ser humano, diante dessa opção, sempre escolhe sofrer.

Mas não seria irracional escolher sofrer? Sim, a escolha pelo sofrimento é emocional, mas quando fazemos nossas opções acreditamos que estamos sendo racionais. Vou tentar explicar.

Imagine que você mora numa casa alugada e vive uma vida tranquila. De repente alguém lhe diz: "Estão financiando algumas casas em determinado bairro. Você não gostaria de ter sua própria casa e sair do aluguel"? Nos abalamos emocionalmente com a pergunta e nos esquecemos de fazer o básico, que é perguntar a nós mesmos se é isso que realmente queremos ou podemos fazer naquele momento. É o que comumente chamamos de autoconhecimento. Se você se conhece, saberá o momento exato de tomar uma decisão tão importante como essa. E quando isso acontecer é você quem fará essa pergunta e não seu vizinho, amigo ou parente.

Sofremos porque ouvimos os outros e não a nós mesmos. Mudar de casa, sair do aluguel, começar uma faculdade, comprar um carro, fazer uma viagem longa, mudar de emprego, pegar um financiamento, casar, ter filhos, mudar de vida, tudo isso requer escolhas que passam por uma única pessoa: você. É você quem vai decidir sua vida e não os outros.

Se você optar por sair do aluguel para comprar sua própria casa, o sofrimento será somente seu. Por isso, é você quem deve escolher o momento correto de iniciar a mudança. Sair do aluguel implica novas contas, em burocracias, continuar naquele emprego chato, mas que lhe garante o sustento, redução de gastos com supérfluos, no convívio com novos vizinhos, possibilidade de insônia diante do financiamento, enfim, tudo que é novo, porque o novo traz sofrimento também.

Gostamos de sofrer porque nos alienamos com os sonhos alheios, achando que as pessoas que nos são próximas sempre querem o melhor para nós. Nem sempre isso vai acontecer. Sofremos porque acreditamos que o melhor está fora de nós e não dentro. São os objetos de que preciso, mas que não precisava até alguém me dizer que são importantes, até assistir a uma propaganda na televisão.

O pior é que vamos continuar sofrendo e reclamando do sofrimento, porque sempre optaremos pela opinião alheia, fazendo escolhas externas, que não nos trarão paz, mas a tranquilidade de que vão agradar os outros, como se os outros fossem dividir conosco as contas, as dores e os sofrimentos.

VOCÊ É COLABORADOR OU EMPREGADO?

Colaborador[36],segundo o dicionário, "é aquele que colabora ou que ajuda outrem em suas funções. É quem produz com outros qualquer trabalho ou obra, coautor".

Percebam que quando falamos de colaborar temos a ideia de cooperação. Colaborar seria ajudar o outro a fazer algo. Mas no ambiente de trabalho nós estamos dispostos a isso? Quem vai receber o mérito pela obra acabada? Eu? Você? Todos? O nosso chefe? A empresa?

Nas empresas e instituições somos lembrados a todo instante que o trabalho é ou deveria ser em equipe, mas nem sempre a equipe é valorizada pelo seu desempenho. No final é a figura do chefe, administrador, gerente, coordenador, diretor, ou mesmo do dono que vai aparecer. Parece que depois da meta alcançada os aplausos são só dele. "É o líder", alguns vão dizer, mesmo não sendo. "É o grande maestro que conduziu a orquestra". E o que resta aos empregados? Serem chamados de colaboradores.

---

[36] COLABORADOR. Disponível em: https://www.dicio.com.br/colaborador/. Acesso em: 4 set. 2023.

"Fulano é meu colaborador há cinco anos". Não, ele não é! Ele está recebendo um salário (bom ou ruim) para desenvolver determinadas tarefas e atribuições, e se seu desempenho for ruim ou não decidir colaborar, certamente será demitido. Aí não será mais um ex-colaborador e sim um desempregado.

No ambiente organizacional, quem manda está sempre tentando motivar quem obedece. É a realidade. O problema é que, como já disse em outras oportunidades, ninguém motiva ninguém. E então o que fazer? As empresas adotam duas formas de motivação: punição ou recompensa.

No tocante à punição, donos ou chefes ameaçam o empregado dizendo a ele: "Se você não quer o emprego, tem uma fila de gente lá fora querendo". É como aquele gestor que, ao pagar o salário-mínimo no final do mês, acha que está fazendo um favor para o empregado, e não cumprindo uma obrigação anteriormente acordada.

No que diz respeito à recompensa, bons trabalhos realizados podem ser reconhecidos, ou com um valor a mais na remuneração, elogios, possibilidade de promoção, e até mesmo uma pizza para a equipe que atingiu a meta (isso mesmo, uma pizza!). Nessas horas fico me perguntando se o sujeito é colaborador ou empregado, porque, se ele realmente fosse colaborador, certamente pediriam sua opinião antes de premiá-lo com uma pizza.

O fato é que as empresas buscam de todas as formas descobrir essa tal motivação nos seus empregados e, em vez de perguntarem a eles, preferem tentar adivinhar, oferecendo-lhes exatamente o que eles não querem, demonstrando uma imensa falta de empatia.

Lembrem-se de que filhos adulam seus pais quando querem ganhar um presente. E chefes chamam seus subordinados de colaboradores quando querem bater a meta.

E QUANDO CHEGAR O FIM?

Assim como num filme, nossa vida tem começo, meio e fim. Contudo, diferentemente dos filmes, lembramos um pouco do começo, nos preocupamos muito com o meio e quase sempre nos esquecemos do fim... Da vida.

Nos filmes ficamos ansiosos pelo fim, na vida fazemos questão de esquecê-lo. Se o gênio da lâmpada nos aparecesse, certamente três pedidos comuns seriam: a felicidade, a riqueza e a imortalidade. E passamos o período da vida chamado "meio" buscando esses três desejos.

Primeiro queremos ser ricos, porque sendo ricos seremos felizes. Ledo engano! É impossível definir a felicidade, porque ela é de cada um, individual, e o meu *ser feliz* é diferente do seu *ser feliz*. Posso ser feliz tomando uma cerveja barata no pior boteco do mundo. Posso ser feliz tomando a cerveja mais cara no melhor restaurante do planeta. Onde está a diferença? Está na companhia. Se estou rodeado de pessoas que amo, a felicidade não tem preço, não tem marketing, não tem objetivo.

"Dinheiro não traz felicidade". Acredito que a frase é dita principalmente por quem tem dinheiro. Porém, não acho que dinheiro traga felicidade sempre, mas propicia, e muito, momentos prazerosos e de tranquilidade. Ter uma casa confortável, um bom veículo, plano de saúde, poder viajar sempre que possível, conhecer outros lugares e pessoas são regalias que o dinheiro lhe permite. Momentos de prazer e alegria podem ser proporcionados pela riqueza, mas eles sempre darão lugar, em algum instante, à dor e à tristeza. E isso ocorre, em grande medida, ao fato de nos apegarmos muito ao que é ruim, em vez de enaltecer as coisas boas que nos acontecem na vida.

Falamos de riqueza e de felicidade, e poderíamos pensar que isso nos basta. Ser ricos e felizes nos tornaria seres humanos completos, afinal não é isso que todos querem? Certamente não. Queremos ser imortais, porque estar feliz ou rico não nos anima, se quando olhamos para o futuro enxergamos a morte, que será o nosso último fracasso. E quem quer fracassar?

Passamos então a acumular bens e dinheiro, fazemos atividade física, vamos ao médico mais vezes, passamos por tratamentos e cirurgias que parecem nos garantir vida longa, beleza, regresso à juventude que se foi. Não satisfeitos, e sabedores que somos do fim que nos espera, procriamos, escrevemos livros, plantamos árvores, construímos prédios, enfim, agimos de modo que alguma obra fique, para que não caiamos no esquecimento e que algum legado possamos deixar.

Felicidade, riqueza e imortalidade nos perseguirão todos os dias de nossas vidas. Serão nossos objetos de consumo, porque os desejamos avidamente, pois sabemos que só desejamos aquilo que não temos, aquilo que nos falta. Devemos então sofrer por isso? Não, porque o sofrimento, assim como a felicidade, é uma opção individual. O ter ou não ter é uma escolha sua. Mas quando chegar o fim, não haverá mais opções. Por isso, viva cada momento de sua vida como se fosse o último, não fazendo dela um martírio, e sim uma possibilidade de se chegar ao fim e poder dizer: "Eu vivi".

POR QUE PRATICAR O DESAPEGO?

Se "a única constante é a mudança", conforme previa Heráclito de Éfeso[37], por que nos apegarmos tanto a algo ou a alguém?

Quando somos muito jovens, nos apegamos sobremaneira a coisas e pessoas, que num breve espaço de tempo já não nos são mais interessantes. Os colegas de escola se mudam e seguem a vida assim como nós. Objetos como brinquedos, roupas e livros perdem o valor porque mudamos e aprendemos a nos desapegar deles, porque eles não têm mais a importância que tinham.

Assim deveria continuar por toda a vida, mas alguns bens e pessoas parecem despertar em nós um interesse maior e quando percebemos já estamos tão apegados que não conseguimos imaginar a vida sem eles. Como objeto, o dinheiro parece ser o que mais temos

---

[37] HERÁCLITO DE ÉFESO. Os pré-socráticos. In: HERÁCLITO DE ÉFESO. Os pré-socráticos. Tradução de José Cavalcanti de Souza et al. São Paulo: Nova Cultural, 1996. (Coleção Os Pensadores).

dificuldades em desapegar. Por quê? Porque é o dinheiro que nos garante a sobrevivência. Mas de quanto dinheiro precisamos para sobreviver? Com certeza bem menos do que acreditamos.

O dinheiro nos proporciona momentos de felicidade e pode trazer-nos a tranquilidade que precisamos para realizar os nossos projetos de vida. No entanto, talvez de forma inconsciente, abrimos mão também de uma vida mais tranquila, ainda que com menos dinheiro, para ter uma vida atribulada com mais dinheiro. Quando nos apegamos a ele, o caminho parece não ter fim, como se caminhássemos no deserto. Fazemos contas, adquirimos bens, compramos algo para melhorar nossa autoestima, e quando percebemos o dinheiro não foi suficiente, e no mês seguinte temos que trabalhar mais, porque o dinheiro nunca sobra, sempre falta.

Ao transferir o dinheiro para os bens, nos apegamos também aos objetos. A caneta com que fiz minha primeira prova na faculdade, a carta de amor da primeira namorada, a roupa de quadrilha da filha que já casou e tem seus filhos, o conjunto de chá empoeirado na sala esperando uma visita importante, o cartão postal do amigo que viajou à Europa e te mandou de lembrança, o livro que você não gosta, mas que ganhou de alguém que já se foi, a camisa já puída e sem uso que ganhou da amiga que foi a Porto Seguro com o famoso dizer "Estive na Bahia e lembrei de você".

São tantos bens, coisas e objetos que fazemos questão de manter em casa, entulhando as gavetas e a nossa vida, que nem nos damos conta de que eles mostram quem nós somos: pessoas que acumulam, que não desapegam. Tem gente que diz que não é apegada, que não tem muitas coisas, mas se fosse mudar de casa certamente precisaria de uns dois caminhões para transportar tantos objetos, a maioria deles inútil.

Há pessoas que se apegam a pessoas. É o ex-namorado, a ex-esposa, aquele namoro que poderia ter dado certo, aquela pessoa para a qual não tive coragem de me declarar, enfim, nos apegamos ao que já passou e que não tem mais volta. Nos apegamos também ao futuro, como se ele tivesse data certa para acontecer. Não tem! O melhor a fazer é viver o presente, sem se preocupar com conquistar bens, afinal de contas, como diz um amigo meu: "Caixão não tem gaveta", então não vamos levar nada dessa vida.

Aprendi que o desapego é a melhor forma de se viver a vida. Quem é desapegado sofre menos, porque aproveita aquilo que tem, sem se preocupar com aquilo que não tem. Tem gente que se apega a tudo – bens, beleza, juventude, lugares – e quando percebe que nada é para sempre vive em sofrimento, o sofrer por tudo aquilo que já foi um dia.

Dizem que a quantidade de chaves que carregamos nos bolsos é inversamente proporcional à nossa felicidade. Descobri no desapego a fonte da felicidade. Compreendi que menos é mais. Quanto mais eu tenho, mais me preocupo em manter o que tenho. Do mesmo modo, quanto menos eu possuo, menos tempo perco tentando garantir o que tenho.

Por fim, duas coisas importantes devem ser ditas. A primeira é que, quando formos embora, não seremos nós que vamos escolher a nossa roupa de viagem, pois assim como chegamos vamos partir. A segunda nos mostra que pessoas e, especialmente sentimentos, são mais importantes que objetos, porque, como disse a raposa ao Pequeno Príncipe[38], "Só se vê bem com o coração. O essencial é invisível aos olhos".

POR QUE OS NOSSOS SONHOS MUDAM?

Era uma vez um menino que, na sua infância, sonhava em ser jogador de futebol. Não pensava no dinheiro, e sim porque amava jogar bola. Naquela época, jogador de futebol não era tão famoso, nem recebia os altos salários de hoje. A oportunidade não apareceu, ou se apareceu ninguém contou pra ele ou deu importância para o seu sonho. Certo é que o tempo passou...

O menino cresceu e ainda na adolescência sonhava em morar fora, não precisava ser fora do país, mas num lugar diferente da sua cidade. Ele queria crescer, ser um profissional excelente (no início ele queria ser advogado, depois publicitário), ganhar muito dinheiro, ter uma bela casa e o carro do ano. Quis o destino que ele se formasse

---

[38] SAINT-EXUPÉRY, Antoine de. O pequeno príncipe. 48. ed. Rio de Janeiro: Agir, 2009.

em Administração, mesmo ele tendo dúvidas se ia ao baile de formatura de um amigo na véspera da prova do vestibular, e depois de largar o curso de Educação Física e não passar no vestibular para Comunicação Social em Belo Horizonte.

Já na graduação em Administração ele sonhava em ser um grande executivo, CEO de alguma multinacional ou mesmo um grande empreendedor em qualquer lugar. Nunca foi! Andou por caminhos diferentes, sendo um deles trancar a matrícula do curso e tentar novamente o curso de Direito. Não teve êxito! Mas também sem estudar, difícil alguém ter, não acham? Na época ele não pensava assim, mas seus sonhos nunca se realizavam, talvez porque eles não fossem levados a sério nem mesmo por ele, ou quem sabe porque aqueles sonhos não fossem tão importantes como achava que fossem.

Outros concursos vieram e ele passou em alguns, mas na maioria fracassou. Descobriu que são os fracassos que pavimentam os caminhos do sucesso, e que perder faz parte da vida, desde que se aprenda com os erros. Ele nunca quis casar, talvez porque tenha vivido experiências negativas na própria família. Era do tipo que acreditava que se fosse para entrar na vida de alguém seria para melhorar a vida da outra pessoa, para fazê-la feliz e não para trazer problemas.

Por coincidência, hoje encontrei aquele jovem, que não chega a ser um velho, mas que podemos chamar de senhor, e perguntei a ele o que tinha aprendido com a vida. Ele disse que hoje não mora na casa dos seus sonhos, não tem o melhor carro, não é rico, nem fez de sua vida profissional um caso de sucesso. Mas que era feliz assim mesmo, porque tinha uma casa própria e confortável, um bom carro (já quitado) e um casamento muito feliz.

Então perguntei a ele, antes de me despedir, "E os seus sonhos?". Ele respondeu: "Uma das coisas de que mais me orgulho é não ficar olhando para trás e pensando: E se tivesse sido diferente? E se meus sonhos tivessem se realizado? Descobri que jamais vou saber a resposta, nem quero, porque o 'se' não existe e nunca vai existir, e porque quanto mais vivemos no passado menos aproveitamos o presente. E a felicidade está no presente, no agora! Você concorda"?

Disse sim me olhando em frente ao espelho...

RALPH NEVES

QUANDO VAMOS TIRAR AS MÁSCARAS?

Um dia a pandemia do coronavírus vai terminar e enfim retiraremos nossas máscaras de forma definitiva. A vacina nos trará de volta a liberdade e a sensação de alívio por não termos mais que usá-las. Será mesmo?

As máscaras nos protegem dos outros, mas também de nós mesmos. Muitos continuarão usando máscaras, porque elas já eram usadas antes mesmo da covid-19. Escondemos dentro de nós alguém que não existe mais, que não mostra o seu rosto, que prefere camuflar sentimentos, fingir boas ações, e que nunca permite ser descoberto, porque opta por desmerecer o sucesso alheio, em vez de buscar o seu próprio brilho.

Precisamos tirar as máscaras para respirar um pouco de ar puro e enxergar que a vida não é feita só de problemas, de contingências. Ao olhar um jardim verde, com flores e espinhos, muitos de nós preferimos acreditar que o mundo todo conspira contra o que pensamos e fazemos. Mas sabemos no fundo que não é verdade, mas também não temos coragem para buscar as mudanças e viver uma vida mais digna.

Quando usamos máscaras, a nossa voz se torna diferente, muitas vezes irreconhecível, porém nossos ouvidos continuam abertos, e são eles que precisam ser usados para ouvir mais o outro, para entendê-lo e compreendê-lo. As pessoas necessitam de nós e nós também precisamos delas. A máscara nos proporciona escutar mais e falar menos. Não à toa nascemos com dois ouvidos e uma boca.

No entanto, continuamos a acreditar que as máscaras nunca cairão, porque, se caírem, a nossa verdadeira face será exposta e então descobrirão quem realmente somos. Aliás, talvez nem nós mesmos saibamos quem realmente somos e por isso preferimos utilizar as máscaras. A dúvida nos traz o alívio de que talvez não sejamos tão maus assim, nos permitindo colocar a culpa dos nossos erros em outras pessoas ou mesmo em Deus. A certeza pode trazer à tona verdades que serão mais bem administradas utilizando-se a máscara.

Quando a pandemia acabar, certamente muitas coisas estarão diferentes na política, na economia, na saúde, na educação, mas e em nós? O que terá mudado? Talvez quase nada, principalmente para aqueles que já usavam máscaras, e que assim como um camaleão vão se adaptando às novas realidades. Daqui mais um tempo tudo voltará ao normal, e aos poucos vamos nos esquecendo de tudo que aconteceu...

E algumas pessoas não abrirão mão de usar suas máscaras – hoje, amanhã e sempre –, porque mesmo com o fim da pandemia, elas continuarão doentes.

QUEM QUER SER POBRE?

Acredito que ninguém queira ser pobre. Todavia, há muita gente se dizendo pobre por aí. Eu disse "dizendo", porque o discurso é um, mas a realidade é bem diferente.

Pobre que é pobre não se vangloria de ser pobre. Ele não enaltece sua pobreza, contando a todos como é ou está a sua situação econômica. Sabem por quê? Porque o verdadeiro pobre tem vergonha de sua condição. Ele não gostaria de sê-lo, mas é.

Mas se ninguém quer ser pobre, por que alguém se diz ser? Porque o discurso agrada. Reparem que, geralmente, quem tem uma boa condição financeira é aquele que se intitula pobre, mesmo não desejando a pobreza. Na realidade, algumas pessoas procuram desculpas para não tomar decisões, e se justificam dizendo ser pobres. Não praticam atividades físicas numa academia, não compram um computador, não matriculam o filho numa escolha melhor, não viajam a lazer, não cursam uma faculdade, não trocam de carro, enfim, não tomam nenhuma atitude porque lhes falta dinheiro, ou melhor, porque são pobres. Vocês conhecem alguém que tem piscina em casa e se diz pobre?

Pois é. Algumas dessas pessoas têm o péssimo hábito de desmerecer tudo aquilo que o outro conquistou a duras penas. São praticantes do discurso: "Eu bem que gostaria, mas não posso, porque sou pobre". Elas se passam por vítimas, praticando o conhecido coitadismo.

É sempre bom lembrar que pobre, na acepção da palavra, não tem carro, não viaja a turismo, não tem piscina em casa, aliás ele nem casa tem. O pobre real é desprovido de diversos recursos, como alimentação, vestuário, cuidados de saúde, segurança, internet, lazer etc.

Por isso, quando alguém lhe disser que é pobre, corrija-o ou alerte-o para o significado da palavra "pobre". Certamente, para aqueles que não a usam com segundas intenções, vale a pena chamar a atenção, pois talvez eles não tenham a dimensão do que é ser pobre, especialmente num país tão desigual socialmente como é o nosso.

Quanto àqueles que usam a palavra "pobre" nos seus discursos, utilizando-se desse artifício para ludibriar os outros, fica um alerta maior ainda. Reparem que essas mesmas pessoas usam outras palavras para se autodefinirem, visando distorcê-las, deixando a entender que são coitadas e que por isso merecem seu apreço. Há pessoas que se dizem negras sem ser, mormente quando se trata do ingresso em universidades públicas via sistema de cotas raciais. Tem gente se dizendo pobre para conseguir auxílios governamentais, bolsas de estudo e outros tantos benefícios.

São essas e outras tantas pessoas, praticantes do coitadismo para receber algum tipo de vantagem. Na realidade, elas não querem estar no lugar dos pobres, negros, homossexuais, idosos, doentes ou quaisquer outros tipos de pessoas que sofrem algum tipo de preconceito. O que elas desejam é conquistar a compaixão e a confiança dos outros, visando conseguir algo para si, que será usado em benefício próprio.

Repito. Ninguém quer ser pobre! Se conhecer alguém que queira ser, desconfie e questione, pois tenha a certeza de que o discurso é muito bonito, mas a intenção não é.

QUANDO VOCÊ SERÁ O(A) PROTAGONISTA?

Todos nós queremos ser protagonistas na vida, tanto na pessoal como na profissional. No entanto, ser protagonista nos exige algumas atitudes que nem sempre vamos estar dispostos a tomar.

No dicionário, protagonista[39] é o personagem principal de uma narrativa. É quem mais aparece, não porque queira aparecer, mas isso acontece de forma natural, afinal quem protagoniza algo é o principal agente das ações. Ele escolhe agir, assumindo os riscos, mas também as possibilidades de êxito.

Muitos de nós nos escondemos atrás de atitudes ou também de nossas inações, tornando-nos antagonistas, ou seja, criando em nossas mentes adversários que não existem, o que nos impede de sermos protagonistas. Explico. Quando tomamos uma atitude que vai ao contrário daquilo que pensamos ou acreditamos, nos tornamos reféns do sistema. Qual sistema? O da padronização, o de fazer o que os outros querem. Se você opta por mudar, porque essa mudança vai lhe trazer benefícios, mesmo que acarrete críticas de pessoas que você não ama, agirá em conformidade com o que pensa ou acredita, permitindo assim protagonizar algo que lhe é ou será importante, assumindo as responsabilidades pelas consequências, porém tendo a certeza de que o fez sem se importar com a opinião alheia.

Da mesma forma, quando falamos de inação, percebemos que o não agir é também uma escolha. Se temos a oportunidade de agir, de optar, de escolher e abdicamos disso, deixando que o medo ou o tempo façam as escolhas, nos tornamos antagonistas, permitindo que o antagonismo dos fatores externos se apresente como protagonista de nossas vidas.

Parece difícil de entender, mas não é. Quando as decisões de sua vida partem mais do externo que do interno, ou seja, quando tudo o que acontece no seu dia depende mais dos outros que de você mesmo, é porque você consentiu perder seu protagonismo, afirmando que outras oportunidades sempre vão aparecer. Sim, concordo. Elas vão aparecer, mas parece que o tempo está passando, e a cada dia essas possibilidades vão reduzindo, não porque você não mereça, mas porque postergar se torna cômodo e essa comodidade vai nos trazendo a sensação de que a qualquer hora, num estalar de dedos, vamos mudar de vida, nos tornando protagonistas.

Protagonizar é agir, é não só tomar as decisões, mas fazer, realizar, construir, executar ou, como se costuma dizer no mercado de trabalho, ter proatividade. Podemos simplesmente tomar a decisão,

---

[39] PROTAGONISTA. Disponível em: https://www.dicio.com.br/protagonista/. Acesso em: 5 set. 2023.

mas não fazer nada com ela. Há pessoas que se tornam admiradoras das outras pelo protagonismo que elas assumem, e abrem mão de ser o astro principal de suas vidas.

Esperar é o verbo preferido dos que procrastinam, dos inativos por opção, daqueles que aguardam uma intervenção divina, ou que alguém faça algo por eles. E aí quando você chega ao final da vida ou mesmo deste texto, esperando também uma resposta que alivie sua dúvida, ou seja, porque até hoje você não assumiu o protagonismo de sua vida, eu te respondo: agora!

QUAL É O CONTEXTO?

Uma das minhas respostas preferidas quando alguém me questiona algo é a seguinte: "Depende". Depende de quê? Do contexto, das circunstâncias.

Você é de direita ou de esquerda? Depende. Há pontos positivos em ambas as direções, e negativos. Se formos falar de algo relacionado à economia, precisamos entender o contexto da pergunta, porque corremos o risco de que a resposta seja retirada do contexto correto, e aí o que era apenas uma simples opinião se torna algo polêmico.

Vejamos outros exemplos. Seu filho chega à casa e diz que tirou uma nota 10 na prova de Matemática. Você certamente ficará feliz. Mas quanto valeu a prova? Se valeu 10, excelente! Se valeu 100, foi uma péssima nota. O que vale então? O contexto. É assim que vemos pessoas, parte da imprensa, algumas empresas pseudopesquisadores, repassarem informações que, se forem analisadas em determinados contextos, podem ser consideradas boas ou ruins.

As circunstâncias em que o fato ocorreu importam bastante quando buscamos a verdade. O que pode ser bom para mim pode não ser para você. Outro fator importante e que acontece no nosso dia a dia é a generalização. Todos nós já passamos por isso, e em algum momento ouvimos frases do tipo: "A maioria dos políticos é desonesta". O que é a maioria? Cinquenta por cento e mais um? Como podemos contabilizar isso?

E assim vamos generalizando, e acreditando em discursos calorosos, em números fantasiosos, em falas demagogas, que até nos encantam, mas nos enganam, porque se quisermos conhecer a realidade, necessitaremos do esforço da leitura, da determinação dos estudos e da busca pelo conhecimento, para conseguirmos compreender que as frases e números fazem parte de outro contexto, que visa ludibriar e persuadir os ouvintes e leitores.

Este deveria ser o principal motivo para que sentíssemos prazer em estudar: saber. Entrar numa loja e saber calcular os juros de um eletrodoméstico quando a compra for a prazo. Quem garante que os juros praticados são os mesmos da propaganda? Saber que algumas pesquisas científicas são patrocinadas por grandes organizações empresariais que já determinam de antemão os resultados delas. Saber que os produtos mais caros do supermercado ficam nas prateleiras à altura dos nossos olhos. Saber que pensamentos positivos não necessariamente atraem coisas positivas, a não ser em alguns livros de autoajuda. Saber que empresas precisam vender e farão de tudo para alcançar seus objetivos, até mesmo aproveitar de nossa falta de conhecimento para adquirir seus produtos.

Saber é importante, ainda que não saibamos quase nada da vida. Quando buscarmos o saber, saberemos entender o poder do contexto, conheceremos as falácias dos discursos, as intenções dos números, a ênfase em determinadas palavras, a publicidade de algumas pesquisas.

Porque, quando alguém lhe fizer uma pergunta, não responda sem saber, pense antes de fazê-lo, pois a sua resposta vai sempre depender de algo, especialmente daquilo que você sabe sobre o assunto. Por isso, alerto que nem sempre o contexto estará presente no texto ou naquilo que alguém nos fala. E quando isso acontece, sabem o que faço? Eu contesto!

VOCÊ É FELIZ NO TRABALHO?

A maioria de nós passa pouco mais de um terço da vida no trabalho, digo isso principalmente para aqueles que têm algum vínculo empregatício. Desse modo, se considerarmos que outro terço da vida passamos dormindo, nos sobram ainda um terço para outras atividades, ou para sermos felizes.

Nesse sentido, se estamos infelizes no trabalho, quer dizer que a infelicidade estará presente em um terço de nossas vidas. Façamos os cálculos. Segundo o Banco Mundial[40], em 2017, a expectativa de vida do brasileiro era em torno de 76 anos. Dividindo-se esse número por três, teremos, arredondando o resultado, 25 anos. Lembrando que passaremos outros 25 anos dormindo, só nos restarão apenas 25 anos para sermos felizes. É muito pouco não acham?

Outrossim, se só começamos a ser felizes na sexta-feira, porque não trabalharemos no sábado nem no domingo, a situação também é grave, pois dos sete dias da semana passaremos cinco sendo infelizes e apenas dois usufruindo de bons momentos. É também muito pouco para quem acredita que a felicidade está no destino e não na viagem.

No entanto, a situação não é tão simples como possa aparentar. Nem sempre vamos fazer o que gostamos, mas necessitamos gostar daquilo que fazemos. E se ainda assim não for possível, precisamos mudar... De chefe, de setor, ou mesmo de emprego. Porque quando estamos infelizes contagiamos os outros e, o pior, carregamos a tristeza conosco por onde passamos, principalmente para o nosso lar.

Existe uma saída? Sim. Talvez até mais de uma. A primeira delas é compreender que há pessoas boas e ruins nas empresas, e que cabe a nós nos adaptarmos a elas, afinal a mudança deve partir de dentro para fora. Mas se temos a crença de que todos os trabalhos não nos satisfazem, existe também a possibilidade de abrirmos o próprio negócio. Porém, para quem não gosta muito de trabalhar, ser empreendedor implica dedicação, esforço e riscos, que muitos não estão dispostos a correr.

Outra possibilidade é a busca do autoconhecimento. Se nos conhecemos interiormente, sabemos as nossas motivações, daquilo que gostamos ou daquilo que não temos muita habilidade em fazer, enfim, temos a oportunidade de realizar algo que nos traga paz,

---

[40] Disponível em: https://agenciadenoticias.ibge.gov.br/agencia-sala-de-imprensa/2013-agencia-de-noticias/releases/23200-em-2017-expectativa-de-vida-era-de-76-anos. Acesso em: 5 set. 2023.

tranquilidade e prazer, pois, como já dito, esse trabalho vai consumir uma grande parte do nosso tempo, e de nossas vidas.

Nessa perspectiva, três pontos devem ser salientados, se quisermos entender um pouco mais de felicidade. O primeiro é que ela não necessariamente estará atrelada ao dinheiro. É enganosa a ideia de que as pessoas só trabalham por uma recompensa financeira. O segundo é que a felicidade vem antes de qualquer coisa, trabalho, família, lazer ou sucesso. Quem está feliz irradia felicidade por onde passa. O terceiro trata da felicidade no tempo presente. É no agora que precisamos estar felizes e não no futuro, na dependência de que algum evento ocorra ou não. Tampouco no passado. Quando a felicidade está no passado, ela muda de nome e se chama saudade.

Que possamos então estar felizes – hoje, amanhã e sempre. E que essa felicidade seja onipresente!

POR QUE AS PESSOAS FURAM AS FILAS?

Não é de hoje que se diz que o brasileiro é malandro, ou que gosta de levar vantagem em tudo. Não posso afirmar que isso é verdade, tampouco que é cultural, porque nunca pesquisei a fundo sobre o tema, apesar de algumas leituras realizadas nessa área. Da mesma forma, dizer que o brasileiro é assim ou assado, acaba generalizando ou rotulando uma população inteira como esperta ou que age sempre de má-fé.

Furar a fila é "algo feio", como dizem os pais às crianças. Não deve ser feito, porque quem chegou primeiro deve ser atendido antes de quem chegou depois. Mas nem sempre isso acontece, e muitas vezes não percebemos o que há por trás dessa mania atribuída ao brasileiro de querer ser mais esperto que o outro.

Vamos lá. Para início de conversa, o indivíduo que fura filas só consegue alcançar seu êxito quando as demais pessoas que estão na fila permitem. E isso diz muito da passividade do brasileiro. As pessoas não querem brigar e então essa cordialidade, tão bem tratada por

Sérgio Buarque de Holanda em sua obra *Raízes do Brasil*[41], mostra um pouco daquilo que somos: afáveis, bondosos, emotivos, amigáveis.

Exemplo disso acontece quando o governo toma medidas que afetam, de certa forma, a população em geral. Cria-se um imposto. Aumenta-se o preço da gasolina. Altera-se a legislação previdenciária. O que a população faz? Nada. Reclama, resmunga, murmura, mas nenhuma ação é tomada. Assim é o brasileiro: passivo. Em outros países, até mesmo próximos ao nosso, as reações são imediatas – protestos, revoltas e greves. Existe uma movimentação contrária ao que foi determinado pelo governo. Se vai funcionar ou não é outra questão, mas a população, ou grande parte dela, demonstra indignação.

Outro ponto importante, e que é passível de discussão nas filas furadas, trata da falta de respeito. O problema de se furar a fila não deve ter o seu foco na questão do direito de quem chegou primeiro, mas na falta de respeito com os demais que chegaram antes. Se eu respeito o próximo, vou entender que tanto para ele quanto para mim a urgência será a mesma. E mais, se existem regras, ainda que não formalmente escritas, elas precisam ser cumpridas. Isso também acontece com certa frequência em supermercados, quando os caixas rápidos, destinados a pessoas com até dez produtos, são ocupados por pessoas com mais de dez itens, que insistem em permanecer naquele local. Ou ainda quando alguém estaciona o veículo em vaga destinada a deficientes ou idosos.

Na verdade, quando falamos de furar filas, estacionar em locais proibidos, não usar a máscara (em tempos de pandemia), ou cometer qualquer outro tipo de transgressão, estamos esquecendo ou deixando de lado um assunto que é muito mais importante que as pequenas infrações: a Educação. Educação com E maiúsculo, porque é o que mais nos falta no país.

Quando entendermos que furar uma fila não é mais questão de esperteza e sim de falta de educação, conseguiremos compreender também que o respeito que não temos ao nosso semelhante e a nossa passividade diante de tudo que nos acomete são da mesma forma uma grave consequência da nossa alienação, seja ela no cenário político, econômico e principalmente social.

---

41 HOLANDA, Sérgio Buarque de. *Raízes do Brasil*. São Paulo: Companhia das Letras, 1995.

PERGUNTAS SEM RESPOSTAS

POR QUE GOSTO DO RIO DE JANEIRO?

Prometo não responder dizendo que o Rio é uma cidade maravilhosa, pois todos sabem que é. Mas o Rio de Janeiro tem algo mais que me encanta, além dos seus belos cartões postais, e é isso que eu vou tentar expressar aqui.

O encanto pelo Rio de Janeiro começa antes mesmo da viagem. Quando você diz a algumas pessoas que vai viajar para lá, chovem os comentários negativos: "Você tá ficando doido"; "Deus me livre viajar para o Rio"; "Toma cuidado, porque lá é muito violento"; "Você não tem medo?". Penso que dois tipos de pessoas fazem esses comentários – as que não conhecem o Rio e os medrosos por natureza.

Não estou negando que o Rio tenha violência, aliás toda capital tem, umas mais outras menos. Se deixarmos de viajar para algum lugar bonito por causa da violência, melhor nem sair de casa. Pois bem, mas vamos falar de coisas boas. A primeira das qualidades do Rio é mostrar às pessoas que, mesmo com tantos problemas, há sempre outro lado, que é positivo. Todos nós somos assim – bons e ruins. O que precisamos é deixar o lado bom florescer, alimentando-o mais que o ruim. É como aquela flor que nasce no asfalto. Tudo é cinza e de repente surge o verde, para mostrar que nem tudo está perdido.

Além disso, o Rio de Janeiro me encanta pela sua natureza, contrapondo ao humano, que são justamente os prédios, o asfalto, o cinza, o sem vida. A área verde do Rio seduz, com os seus morros, suas árvores, sua vida. Sem falar nas praias, e em todas as suas belezas naturais.

Quando vou ao Rio, aprecio com muito prazer os botecos, o jeito descontraído das pessoas, que mesmo após um longo dia de serviço colocam o blazer e a gravata na cadeira e ficam em pé degustando um chopinho e conversando fiado. Gosto do metrô com a sua diversidade. É muito barulho, muita gente, muita correria, mas isso também tem muito a ver com vida, com disposição, com trabalho, com luta. Andar de metrô pelo Rio me tira da tranquilidade do carro na cidade pequena; me faz mover, porque, se eu não o fizer, alguém fará por mim, me levando junto.

É lógico que as idas ao Rio de Janeiro são esporádicas e talvez por isso eu não veja de perto os seus problemas, no entanto, exatamente por isso, é que a cidade maravilhosa desperta em mim esse encanto – ver a vida pelo lado positivo. Poder ver ruas, espaços, lugares que só via pela televisão, e que eu nunca imaginava ver um dia – o Cristo, os táxis amarelos, o Maracanã, o bondinho, a Lapa.

Gosto do Rio de Janeiro não só por causa do bolinho de feijoada, do Leblon, Copacabana, Ipanema, Barra, Lapa ou dos barzinhos de Botafogo. Gosto do Rio porque ele me propicia vários momentos relevantes. O esforço para que eu pudesse estar ali, o sentido das conquistas, o otimismo, a possibilidade da experiência, a oportunidade de ver meu time de coração entrar em campo no Maracanã, a cena indescritível que vive na minha memória quando desço do metrô rumo ao estádio, enfim, quando estou no Rio, mudo de ideia e acredito sinceramente que o dinheiro traz felicidade.

PARA QUE SERVE A PACIÊNCIA?

Vamos falar de um tema ou de uma qualidade que é essencial para termos uma vida, senão feliz, pelo menos com pouco sofrimento. É a paciência. E confesso que é algo que busco com frequência, mas que não é fácil praticar.

Pessoas impacientes quase sempre são inquietas, ou agitadas por natureza. Fazem coisas de modo rápido e não têm muita "paciência" com pessoas mais lentas. Não é que as pessoas mais lentas estejam erradas, mas são as impacientes que querem tudo de forma muito veloz. Por isso, digo que quem é impaciente sofre em demasia. Porque o tempo é igual para todos, mas quem sofre de impaciência acredita que está sendo penalizado pelos deuses, especialmente quando as coisas não acontecem no tempo que desejam.

A paciência é uma virtude que nos ensina a cada instante que não somos donos do tempo. Ela ajuda também na compreensão de que alguns momentos precisam ser refletidos e que a espera é, muitas vezes, melhor que o final. Lembremos então do Natal quando ainda éramos crianças. Esperar chegá-lo, ainda que impacientes, fazia-nos sonhar e sentir um imenso frisson com a expectativa de sua chegada.

Para aqueles que acreditam em Deus, a paciência mostra o quão importante é a espera do tempo, não o nosso, mas o de Deus. Muitas vezes desejamos algo tão ardentemente e esquecemos que nem tudo aquilo que esperamos impacientemente é para o nosso bem. Quantas vezes aguardamos por uma viagem e ela não acontece, ou porque algo de ruim aconteceu posteriormente ou porque algo bem melhor que ela também surgiu após a espera desesperada.

Ser impaciente é querer passar o carro adiante dos bois, como dizem os antigos. Porque tudo tem o seu tempo. É o que está escrito no capítulo três do livro Eclesiastes, da Bíblia. Se você ainda não leu, experimente a leitura e veja como é importante buscarmos essa virtude tão importante.

A paciência nos mostra também que em alguns momentos conseguiremos realizar ações e tomar atitudes, especialmente quando elas estão ao nosso alcance; da mesma forma, em outros momentos, descobriremos que o melhor é aguardar, principalmente quando as decisões ou as atitudes não dependerão de nós e sim dos outros. É seguir a máxima de Epicteto[42], no seu *Manual para a Vida*.

Ser paciente é entender que a vida é feita de fases, umas boas outras ruins, mas que elas irão passar. Com o tempo vamos descobrindo que a vida não acontece ao nosso bel-prazer, de modo especial quando nos surgem as contingências, que podem ser favoráveis ou não. Por isso, que tenhamos sabedoria para distinguir o momento de agir do momento de esperar. Paciência!

O QUE É QUALIDADE?

Atualmente qualidade é uma palavra indispensável no vocabulário de empresas e pessoas. E tem que ser assim. Com a aplicação de um marketing cada vez mais voraz no mercado, qualidade não se tornou diferencial, mas sim obrigação. É por isso que as organizações primam tanto por oferecer produtos com qualidade, pois, se não o fizerem, certamente seus concorrentes o farão. Da mesma forma, os

---

[42] EPICTETO. *Manual para a vida. Enchiridion de Epicteto*. Tradução de Edson Bini. São Paulo: Edipro, 2021.

consumidores buscam produtos com qualidade, afinal de contas hoje podemos escolher, seja em lojas físicas, seja na internet.

Mas definir qualidade não é fácil. O que é bom para mim pode não ser para você. Quer ver um exemplo? Você leva a sua família num restaurante. Chegando lá, um funcionário te aborda e oferece seus serviços de manobrista. O garçom é muito atencioso, a comida está maravilhosa, a cerveja gelada, e a sobremesa divina. A conta chega rapidamente e quando vocês se levantam para sair notam próximo à mesa uma barata caminhando tranquilamente. E aí? O restaurante tem qualidade ou não?

Se você respondeu que sim, com certeza voltará àquele estabelecimento, porque lhe foi muito proveitosa a experiência. No seu imaginário, todas as vezes que for lá com a sua família será sempre bem atendido. A experiência fica gravada na memória e você a contará às pessoas próximas – amigos, colegas de trabalho e familiares.

Se você respondeu que não, não voltará a frequentar aquele ambiente. No seu imaginário, a boa comida, o bom atendimento e a rapidez da chegada da conta desaparecerão de sua mente, ficando somente a lembrança da barata. E quando você menos perceber, dirá aos seus amigos e parentes que o lugar era péssimo, sujo e tomado por bichos peçonhentos. No nosso imaginário, exageramos quando não gostamos de algo, e tentamos convencer os que estão próximos de quão ruim foi a experiência.

A qualidade deve ser padronizada, ou seja, deve-se oferecer o mesmo produto, com o mesmo atendimento, dentro do mesmo tempo a todos, caso contrário os clientes podem reclamar, acusando a empresa de discriminação. Da mesma forma, o pão que você compra todos os dias deve ser o mesmo (tamanho, cor, textura, gosto), porque trabalhar com qualidade exige uniformização, e os consumidores cobram isso.

Nos tornamos com o tempo mais exigentes, ávidos por produtos com qualidade e um atendimento perfeito. Nem sempre vamos conseguir, mas o capitalismo é cruel, e quem não oferta produtos excelentes com qualidade igual, vai perder clientes e certamente estará fora do mercado em pouco tempo.

Chegamos ao final do texto e a barata do exemplo não sai de nossas mentes. Reparem que damos mais ênfase a tudo o que é ruim. É o chamado viés da negatividade. Por que estamos pensando na barata se ela é apenas um detalhe? É aí que está o problema. Administrar exige pensar nos detalhes, mas nem sempre as empresas pensam assim. O consumidor está atento a tudo, principalmente quando um simples detalhe faz uma grande diferença.

ONDE NÃO ESTÁ A FELICIDADE?

Todo mundo quer ser feliz, mas a maioria não sabe como. Por quê? Porque não sabemos onde está a felicidade. Nem mesmo podemos afirmar se ela existe ou não. Por que então esse tema é tão pesquisado? Por que queremos tanto ser felizes? Onde está a felicidade?

Se fossem fáceis as respostas, o tema felicidade não seria tão buscado por todo mundo. Bem, mas temos que começar de algum ponto. Se ainda não sabemos onde está a felicidade, por qual lugar começar a procurá-la? Dizem os estudiosos que a felicidade está dentro de nós, portanto é o autoconhecimento que nos proporcionará o encontro com ela. Mas o autoconhecimento não é uma busca simples. Além disso, traz dor, porque, ao descobrirmos quem somos, podemos não gostar muito das descobertas.

Outros livros trazem que a felicidade é agora. Não foi ontem, não será amanhã. Está no presente. Ser feliz é ser, individualmente, conhecedor do que lhe traz felicidade. Mais uma vez falamos de autoconhecimento. Se você se conhece, só você sabe exatamente o que lhe faz feliz. Simples? Não. Porque como seres humanos estamos em constante mudança. O que me fazia feliz ontem não me faz feliz hoje e talvez não me fará amanhã. Exemplo: se na infância esperar pelo dia do Natal me inundava de felicidade, hoje não mais.

Então o que fazer para ser feliz hoje? Bom, como não sei a resposta, vou pela negativa dela. O que não devo fazer para alcançar a felicidade hoje? Quando alguém me pergunta o que eu quero da vida, eu respondo: "Eu sei o que eu não quero, mas o que eu quero ainda não sei". E nessa mesma lógica eu vou tentando ser feliz, mas não que isso seja um desejo ardente, mas um modo de levar a vida.

De acordo com os budistas, focamos três alvos a felicidade aparenta estar, assim como uma miragem. O primeiro trata do aspecto físico. Se acreditamos que a felicidade está na beleza ou na saúde física do nosso corpo, certamente quando envelhecermos ou nos encontrarmos enfermos seremos infelizes. O segundo aspecto trata da felicidade material. Se cremos que o dinheiro traz felicidade, só seremos felizes quando formos ricos. Colocar a sua felicidade num bem material, como uma casa, um carro ou qualquer outro objeto é arriscado, pois a qualquer momento você pode perdê-lo. Se você chorou porque bateram em seu carro, roubaram o seu celular ou manchou sua camisa preferida, certamente é porque você colocava sua felicidade nesses objetos.

O terceiro é a felicidade espiritual ou mental. Ela acontece quando atribuímos a nossa felicidade às pessoas e seus sentimentos. Amores acabam, algumas amizades se mostram efêmeras e colegas de trabalho se mudam. Não podemos colocar a nossa felicidade nas pessoas, porque elas podem ir embora ou porque os seus sentimentos podem não ser tão duradouros quanto os nossos em relação a elas. A partir dessas três vertentes, podemos compreender que a felicidade não pode ser atribuída às causas externas, simplesmente porque elas não dependem de nós. Sendo assim, precisamos entender que a felicidade é interna e individual, e que ela não estará no trabalho, na família, na igreja, nos objetos ou nas pessoas. A felicidade estará em qualquer lugar por onde passarmos, simplesmente porque ela está dentro de nós.

QUANDO SERÁ O SEU VELÓRIO?

Muitos de nós fugimos dessa pergunta, ou porque nos consideramos novos demais para pensar na morte, ou pelo simples fato de que falar de morte não é um assunto interessante.

A nossa finitude não é um tema pelo qual temos apreço em discutir ou mesmo pensar. Por isso adiamos sempre, a não ser quando alguém que nos é próximo falece ou quando enfrentamos alguma doença mais grave. Mas é certo que um dia estaremos mortos e não teremos consciência disso.

No entanto, a pergunta insiste em minha mente, e outras surgem em forma de diálogo:

"Quando vou morrer"?

"Não sei, mas espero que demore muito".

"Por quê"?

"Porque quero viver muito e aproveitar a vida".

"E você tem aproveitado muito a sua vida"?

Eis o silêncio.

Há pessoas que não querem falar da morte, não querem saber o dia do seu velório, mas já estão mortas há muito tempo. Vivem infelizes e insatisfeitas com tudo na vida. Algumas reclamam o tempo inteiro, outras vivem buscando culpados pela vida desgraçada que levam. E mais um tanto de gente fica acomodada, esperando que algo mude, quando quem deveria mudar é a própria pessoa.

Podemos refazer a pergunta, trocando o tempo. "Quando você morreu?". Mudar o verbo faz com que reflitamos sobre a nossa vida e não sobre a morte. Vive-se uma vez somente, e é preciso que tenhamos consciência disso. A morte chegará a todos, mas quando chegar vamos pensar na vida, nos sonhos que não realizamos, nas atitudes que não tomamos, nos desejos que abandonamos, na vida que não vivemos. Parece triste, e é...

Desejo muito que a data de minha morte se prolongue, porém, enquanto isso não acontece, eu preciso viver. Viver o presente e tentar ter a certeza, ou pelo menos a sabedoria de compreender que a morte vai chegar, inexoravelmente, mas que nesse ínterim eu tenha vivido plenamente, afinal, como dizia Rubem Alves[43]: "A vida não pode ser economizada para amanhã. Acontece sempre no presente".

QUEM É INVEJOSO(A)?

Imaginemos uma sala de aula, de reunião, ou ainda um auditório, alguém fazendo essa pergunta à plateia. As reações seriam

---

[43] ALVES, Rubem. *Rubem Alves essencial*: 300 pílulas de sabedoria. São Paulo: Planeta, 2015.

as mais distintas. Uns abaixariam a cabeça, outros olhariam para o celular, alguns verificariam as horas no relógio, outros tantos dariam aquela tosse seca e curta, e ninguém levantaria a mão, com certeza.

Inveja é um sentimento ruim e ninguém gosta de parecer ruim aos outros, ainda que o seja. Numa entrevista de emprego, por exemplo, quando o entrevistador pede para o candidato citar um defeito dele, geralmente o mais usado é "perfeccionista". Mas perfeccionismo não é uma fraqueza, ainda que possa atrapalhar sua relação com os colegas de trabalho, especialmente se você for o chefe. Ninguém quer assumir os vícios, somente as virtudes.

Por outro lado, há também entre os invejosos aqueles que não se consideram como tal, pois tampouco sabem que o que sentem tem o nome de inveja. É o que chamamos de invejoso tolo. Ele confunde cobiça com inveja. Desejar ter um carro semelhante ao do seu colega de trabalho não é um sentimento negativo, desde que você não queira o carro dele e sim um do mesmo modelo.

Ainda no exemplo do carro, o invejoso é aquele que fica triste com a felicidade dos outros. É ver o carro novo do colega com ar de desdém, como se ele (o colega) não pudesse trocar de carro ou tivesse que pedir a sua opinião antes de adquiri-lo. Outro exemplo claro pode ser visto naqueles que gostam de futebol, e que muitas vezes deixam de torcer pelo seu time a fim de torcer contra os adversários dele. É trocar a alegria de uma vitória sua pela alegria da tristeza do derrotado. Isso não faz muito sentido, mas as pessoas agem dessa forma. Impressiona também a motivação daquele colega ou amigo que há anos não te liga ou dá notícias, mas lembra de você exatamente quando está mais triste ou zangado devido à derrota no futebol. Devemos ter atenção em nossas atitudes e mais uma vez buscar entender as razões dos nossos atos, porque o que pode ser uma simples brincadeira para mim, pode revelar mais sobre quem eu sou e meus sentimentos. E isso só vamos descobrindo à medida que buscamos o autoconhecimento.

Invejosos nunca vão assumir que são, porque para alguns deles esse sentimento, que pode ser natural ou instintivo, muitas vezes aflora sem mesmo perceberem. É como aquele homem que se diz bem-sucedido, feliz e realizado, mas que, ao encontrar um ex-colega de trabalho ou de escola, descobre que o outro tem uma condição financeira melhor que a dele. A decepção fica estampada em seu rosto. Da mesma forma, aquela mulher que também se diz feliz e bem resolvida encontra uma amiga antiga, que há tempos não via, e frustra-se ao vê-la mais jovial e bela, demonstrando estar muito feliz.

Por fim, saliento que as redes sociais potencializam grandemente a oportunidade para os invejosos agirem. Afinal de contas, é difícil vermos alguém publicando que está infeliz ou que mora numa casa caindo aos pedaços, ou ainda que viajou para um lugar feio ou que está passando por dificuldades financeiras. A rede social não gosta disso, porque não traz engajamento. Talvez por isso é que os invejosos adoram redes sociais, porque quanto mais felizes os outros parecem a eles, mais tristes eles se tornam, e desse modo ativam a sua motivação, que é torcer contra, afinal invejar dá muito menos trabalho que agir.

O QUE MUDOU NA PANDEMIA?

Fora o uso da máscara e do álcool em gel, tenho a percepção de que nada mudou na pandemia. Na realidade, não pretendo aqui falar sobre as mudanças, mas sobre o que não mudou com a chegada do coronavírus.

Quando navegamos pelos sites de notícias, assistimos aos telejornais e paramos para ver alguma *live*, lemos e ouvimos muito sobre mudanças, durante e pós-pandemia. A vida mudou, as pessoas mudaram, o mundo está se transformando. Mas será mesmo?

Repito. Com exceção do álcool em gel, da máscara e de algumas poucas restrições, continuamos vivendo mais do mesmo. Ouço algumas pessoas dizerem que a pandemia mudou a forma de vermos a vida. Mas quando estivermos vacinados contra o vírus e tudo voltar ao normal, você vai continuar vendo a vida de forma diferente?

Vejamos então o que não mudou na pandemia. Continuamos a praticar o nosso egoísmo de cada dia. Ninguém está se importando se o outro perdeu o emprego, se foi despejado ou se está doente; continuamos vivendo a nossa vida, preocupados com a próxima *live* do nosso cantor preferido, para onde vamos viajar nas próximas férias, ou na reforma da casa para poder receber os amigos quando tudo isso passar. Dez, vinte ou cem mil mortos não importa, pois ninguém da minha família morreu. São apenas números e não vidas. Quem se comove? As pessoas vão continuar morrendo, independentemente se for de covid-19, câncer, hipertensão, infarto, homicídio... Desde que não seja alguém que eu ame.

Além disso, continuamos não seguindo as regras. Não usamos as máscaras, não deixamos de sair, não deixamos de aglomerar, não nos protegemos e, o que é pior, não nos importamos com os outros, porque continuamos vivendo num mundo de faz de contas, esperando que a qualquer momento a vacina venha nos salvar. Mas salvar de que se tudo está normal?

Também nas empresas nada mudou. Algumas se aproveitaram da crise para ganhar mais. Aumentaram os preços dos produtos, reduziram a quantidade de empregados e focaram aquilo que gerava mais lucros. Mas elas estão erradas? Depende. Houve alta nos insumos? Problemas com fornecedores? Redução de receitas? Se sim, ótimo, a mudança é necessária; senão, é sinal de oportunismo, no pior sentido da palavra.

Da mesma forma fica a percepção de que algumas empresas já haviam quebrado antes mesmo da pandemia, mas a pandemia virou uma bela desculpa para abaixar as portas. Igualmente, ficou mais fácil agora demitir funcionários, porque a crise chegou. Já queriam demitir antes, mas faltava coragem ou gestão.

Enganam-se aqueles que pensam que a pandemia vai mudar o mundo ou o comportamento das pessoas. Continuaremos cada vez mais egoístas e hedonistas, buscando a qualquer custo satisfazer as nossas vontades. Quem não está próximo não existe para nós. Permaneceremos com as mesmas atitudes, os mesmos desejos e mesquinhez, e torcendo para que tudo dê certo, pelo menos para aqueles que amamos.

Nada mudou, nem vai mudar!

PERGUNTAS SEM RESPOSTAS

A CULPA É DE QUEM?

No dicionário, o substantivo feminino "culpa[44]"significa responsabilidade por dano, mal ou desastre causado a outrem. Aparece também como falta, delito ou crime. Mas o que realmente queremos saber é de quem é a culpa.

Se falamos de culpa, falamos também de responsabilidade. E pelo que somos responsáveis? Se decidimos ter um filho, plantar uma árvore ou criar um cachorro, seremos automaticamente responsáveis por eles, concordam? Sendo assim, a responsabilidade é nossa pelos cuidados que devemos ter com as plantas, os animais e principalmente os filhos. Portanto, terceirizar é passar a responsabilidade para os outros. E é o que acontece com certa frequência no nosso dia a dia.

Há pais (homens) que terceirizam os cuidados dos filhos, quando deixam eles sob a responsabilidade da mãe. Há pais (casal) que terceirizam os filhos, deixando os avós os educarem. E por aí vai... Mas e a culpa? A culpa é de quem foge de suas responsabilidades e, em vez de assimilar as consequências da vida, procura um culpado para os seus problemas e angústias.

Quando a pessoa diz que não estudou porque teve filhos muito cedo, a culpa recai nos filhos. Mas quem participou do ato sexual no qual foram gerados os filhos? Não foram os filhos, com certeza. Quando a pessoa diz que os seus relacionamentos nunca dão certo, deixa transparecer a ideia de que é azarada, porque só pessoas ruins lhe aparecem na vida. Será?

O casamento acabou. A demissão aconteceu. O namoro terminou. A avaliação reprovou. O concurso não aprovou. A formatura nunca chegou. A culpa é de quem? É sempre do outro. E em todas as situações, ou somos vítimas ou somos juízes. Julgamos a todo instante que por culpa de alguém ou até mesmo do destino as coisas não aconteceram como deveriam. Praticamos o coitadismo e nos colocamos na posição de vítimas, dizendo a todo momento que as oportunidades não apareceram.

O substantivo vira verbo quando a culpa se torna uma ação. A ação de culpar os outros pelos nossos infortúnios. E vivemos infelizes,

---

[44] CULPA. Disponível em: https://www.dicio.com.br/culpa/. Acesso em: 5 set.2023.

porque não vivemos as nossas vidas e sim as dos outros. Se temos o livre-arbítrio para tomar decisões, por que não as tomamos? As consequências acontecerão de qualquer modo, sendo boas ou ruins. A frase atribuída ao poeta chileno Pablo Neruda diz muito sobre decisões: "Você é livre para fazer suas escolhas, mas é prisioneiro das consequências[45]". Quando as consequências são boas, o mérito é seu, mas quando são más a culpa é do outro.

Assumir o protagonismo nas nossas vidas é assumir as culpas, os erros e os acertos, em tudo o que fizemos e fazemos. Não tem graça dizer "eu venci" quando se sabe que ninguém vence sozinho. Da mesma forma, não é justo dizer "perdi por culpa de fulano", porque, se você abdicou de fazer escolhas, deixando a responsabilidade para fulano, a culpa é sua em abrir mão do seu poder de decisão.

Sinceramente, não gosto da palavra culpa. Ela me remete sempre à palavra covardia. E o covarde é aquele que não tenta ou se tenta e não consegue, culpa o outro. Que a nossa coragem não seja só a ausência de medo, mas a consciência de que a vida é nossa, e, portanto, somos nós os responsáveis por ela.

O QUE HÁ EM COMUM ENTRE A ACADEMIA E O SALÃO DE BELEZA?

Nos últimos anos, é notório o crescimento tanto de academias quanto de salões de beleza; além deles há também os centros de estética e o aumento no número de cirurgias plásticas realizadas em nosso país. O que todos eles têm em comum?

O leitor mais apressado vai dizer: a beleza. Todos nós buscamos a beleza, ainda que não consigamos defini-la, e isso ocorre porque o seu conceito é individual, mesmo que a mídia ou a sociedade tente nos impor um padrão. O que é belo para mim pode não ser para meu leitor. Uma mulher pode considerar um homem baixo e forte como

---

[45] NERUDA. Disponível em: https://citacoes.in/citacoes/567879-pablo-neruda-voce-e-livre-para-fazer-suas-escolhas-mas-e-prisi/. Acesso em: 5 set.2023.

PERGUNTAS SEM RESPOSTAS

belo, assim como outra pode considerar um homem alto e magro também bonito. O gosto é individual, por isso a beleza também é.

Alguém pode dizer que o que há em comum entre a academia e o salão de beleza é a saúde, afinal de contas praticar atividades físicas e cuidar da beleza têm fortes relações com o bem-estar do corpo. Os hormônios que são produzidos ou estimulados durante uma atividade física, em especial a endorfina, trazem ótimas sensações ao ser humano, tanto físicas quanto mentais. No salão de beleza não há atividade física, mas o sentimento de que algo está mudando, e para melhor, traz também a sensação de transformação, que assim como a saúde indica que corpo e mente podem e devem trabalhar em conjunto, pois um não vive sem o outro.

O incremento nas atividades físicas, por meio de academias cada vez mais sofisticadas, com novos aparelhos e recursos, torna realidade uma antiga tendência. Cuidar do corpo passou a ser obrigação, e o pagamento da mensalidade da academia entrou para o rol de custos fixos das pessoas, assim como água, energia, alimentação, aluguel etc.

Com os salões de beleza não foi diferente. Ainda que a atividade tenha se tornado popular apenas no século XX, geralmente só as mulheres ricas os frequentavam. Hoje, especialmente com o ingresso da mulher no mercado de trabalho, que também era uma tendência e virou realidade, todas podem ir ao salão de beleza. Além delas, eles também têm ido, pois cuidar da saúde e da beleza tornou-se um padrão universal e unissex.

Mas, afinal de contas, o que pode haver de mais comum entre um salão de beleza e uma academia que não sejam a beleza ou a saúde? Pessoas que frequentam ambos os lugares, ou mesmo um ou outro, buscam uma sensação de prazer, de alegria, de evolução, de transformação, de algo mais, que pode gerar nelas um sentimento de felicidade; de que viver vale a pena e de que precisamos não só da saúde física, mas também da saúde mental, e que ambas devem atuar em conjunto para que a vida possa ter sentido e, assim, que tudo isso possa desaguar num sentimento maior, o qual denominamos amor-próprio.

Que a partir de agora, quando falarmos em academias e salões de beleza, não nos lembremos somente dos aparelhos, dos equipamentos, do dinheiro gasto, da beleza ou da vaidade nos espelhos, e sim de algo que pode nos tornar seres humanos melhores, porque nos dará autoconfiança e nos sentiremos valorizados. Porque, ao sairmos de uma academia ou de um salão de beleza, a transformação que desejamos, e que talvez nem mesmo saibamos, não é somente a do corpo ou do rosto, e sim da mente. O que buscamos é elevar a autoestima!

O QUE É ESTUDAR?

Para início de conversa, precisamos entender que o objetivo de estudar deve ser o de adquirir conhecimentos ou habilidades. Sendo assim, uma das ações prioritárias nos estudos é ler. E quem não gosta de ler geralmente tem dificuldades em estudar. Há ainda quem prefira estudar com áudios ou vídeos, mas a principal modalidade continua sendo a leitura.

Ler um livro literário é mais prazeroso que ler um livro didático. Pensando assim, ler por fruição nos dá a sensação de que estamos no comando de nossas vidas, porque fazemos o que queremos. Ler por obrigação, por sua vez, nos remete à ideia oposta, ou seja, que estamos realizando algo sem vontade, por isso com sacrifício, com dor e sem nenhuma alegria.

No entanto, nem sempre vamos poder ler por prazer, especialmente se o seu objetivo é estudar. Durante grande parte de nossa vida estudamos por obrigação. Aprendemos conceitos e conteúdos de Biologia, Química, Matemática, Física, entre outros, que nunca vamos aplicar, mas que poderão ser necessários em algum momento de nossas vidas. Da mesma forma, quem estuda para concurso o faz por dever e não por prazer. Ler uma apostila de raciocínio lógico não é o mesmo que ler um livro de Machado de Assis ou Dostoiévski, mas deve ser feito com a mesma intensidade, caso contrário o leitor não vai conseguir reter nenhum conhecimento.

Voltando ao primeiro parágrafo, dizemos que estudar é adquirir habilidade. E a principal habilidade a ser adquirida é a leitura. Ler é muitas vezes hábito. Ler um pouco todos os dias, não importando muito o horário. Se você colocar como meta ler cinco páginas, verá que, com o tempo, estará lendo sem muito esforço. Com os estudos acontece assim, se você destinar uma, duas ou mais horas por dia, verá que o hábito vai te cobrar isso todos os dias, tornando-o um leitor ou estudioso assíduo.

Outro fator importante é deixar de lado os mitos. O principal deles é de que algumas pessoas nasceram para estudar. Ninguém nasce com esse objetivo ou com esse dom. Você aprende treinando todos os dias e isso passa a ser um gosto, e quando percebe virou um hábito, e como pratica todos os dias, possivelmente isso se torna mais fácil ou menos pesaroso. Para quem quer saber um pouco mais sobre o tema, indico *O poder do hábito*[46], do autor Charles Duhigg. Que tal começar os seus estudos ou uma boa leitura por um livro que te ensina a importância do hábito?

Nosso cérebro é treinado para não gastar energia. Quanto menos atividades proporcionarmos a ele, mais feliz ele estará, porque gosta de rotina. Chegar do trabalho, fazer um lanche, sentar no sofá e ligar a TV, mais tarde tomar um banho e dormir. Isso é tudo que o cérebro gosta. Mas se você mudar essa rotina e, ao chegar em casa, tomar um banho, fizer um lanche e partir para os estudos ou mesmo realizar uma leitura, vai fazer seu cérebro se mexer. Você vai sentir um incômodo no início, mas com o hábito ele vai se acostumando e criando uma nova rotina.

POR QUE TRANSFORMAR DESEJOS EM NECESSIDADES?

De imediato precisamos entender o que é um desejo e o que é uma necessidade. Desejar é querer algo, podendo ser um objeto ou não. Posso desejar um carro, uma casa, um celular ou ocupar um cargo, obter o título de mestre ou doutor, até quem sabe ser o prefeito da minha cidade. Desejos mudam com o tempo, ou seja, o que eu desejava há cinco anos, talvez não tenha mais vontade em ter hoje.

---

[46] DUHIGG, Charles. *O poder do hábito*: porque fazemos o que fazemos na vida e nos negócios. Trad. de Rafael Mantovani. Rio de Janeiro: Objetiva, 2012.

RALPH NEVES

Já quando falamos em necessidade, pensamos em algo mais sério e que não podemos evitar. É realmente necessário! Dormir, alimentar-se, ter um lugar como moradia, ter saúde, tudo isso é imprescindível. A necessidade nos faz mover, movimentar, caminhar em busca de algo que necessitamos.

Para quem já estudou marketing, compreender os conceitos de desejo e necessidade é primordial para o entendimento da disciplina. Mas mesmo quem nunca estudou consegue entender o que significam. Um dos exemplos mais utilizados é a sede. Estou com sede, tenho necessidade de ingerir algum líquido. Se é necessidade, posso tomar um copo com água; se é desejo, posso tomar um refrigerante. Posso sentir fome e saciá-la comendo um pão (necessidade) ou posso matá-la com um pedaço de pizza (desejo).

Diante do exposto, por que precisamos então transformar nossos desejos em necessidades? Sócrates dizia a Agaton, no *Banquete*[47],de Platão, que o amor é o desejo e que "todos aqueles que experimentam desejo, o experimentam por algo que não está disponibilizado ou presente". Sendo assim, só desejamos o que não temos ou o que não somos. Caso contrário, não desejaríamos. Dessa forma, sempre vamos desejar algo, porque nunca vamos ter ou ser tudo.

Nesse sentido, o desejo é fugaz, efêmero, porque pode mudar, como dito antes. E a necessidade? A necessidade é mais forte, duradoura, e precisamos dela para seguir vivendo. A ideia do marketing é atender a todos, tanto quem necessita quanto quem deseja. Porém transformar o desejo em necessidade é um dos grandes objetivos do marketing, senão o maior. Por que o marketing faz isso? Porque o desejo passa, mas a necessidade não. Matar a sede com um copo de água é mais barato que a matar com um copo de refrigerante ou qualquer outra bebida, concordam? No entanto, o marketing nos mostra o contrário, que comprar o refrigerante pode ser mais importante ou prazeroso que beber a água.

Na vida, também precisamos agir como o marketing, ou seja, transformar desejos em necessidades. O desejo de cursar uma faculdade pode ser momentâneo, mas, se transformarmos em necessidade, ele tomará forma, se tornará um projeto, um objetivo e nos moveremos com mais empenho para alcançá-lo. Imaginemos um

---

[47] PLATÃO. *Apologia de Sócrates e Banquete*. São Paulo: Martin Claret, 2002.

sujeito que foi aprovado no vestibular em uma faculdade particular e vendeu seu único computador para poder pagar a matrícula. Em seguida, participou do processo seletivo para conseguir o Fies e obteve êxito. Hoje está formado e advogando. Essa pessoa encarou o curso superior como desejo ou necessidade? Certamente o curso era necessário para ele, porque se fosse um desejo talvez tivesse mudado de opinião ou ideia.

Trocar o desejo por necessidade vai fazer com que foquemos mais o objetivo, que levemos ele mais a sério, simplesmente pelo fato de que a nossa motivação se tornará um combustível mais poderoso para o alcance do desejo, agora não mais desejo, e sim necessidade. Que nossos sonhos possam se tornar realidades, ao transformarmos desejos em necessidades!

QUEM É RACISTA?

O racismo está em moda novamente, e infelizmente. Digo moda, porque ele vem e vai, sempre que algum novo acontecimento surge. Casos de racismo vão florescendo aqui e ali, e com o destaque da mídia vão se tornando conhecidos e nos causando repulsa; mas ao mesmo tempo vão sendo divulgados, mostrando quem são os racistas, como eles agem e porque o fazem. Uso também a palavra "infelizmente" porque se ele aparece é sinal de que não findou, não morreu, e por vezes surge com mais vigor.

O problema do racismo, se é que existe só um, é que o racista nunca assume que é, usando em seu favor argumentos esdrúxulos do tipo: "Tenho amigos negros", "Trabalho com pessoas negras". Como se isso bastasse. Para não ficar aqui enumerando os tipos de racismo, indico dois excelentes livros – *Pequeno manual antirracista*[48], de Djamila Ribeiro; e *Racismo recreativo*[49], de Adilson Moreira. Enquanto os leitores não leem os livros, vamos a uma pequena história:

---

[48] RIBEIRO, Djamila. *Pequeno manual antirracista*. São Paulo: Companhia das Letras, 2019.

[49] MOREIRA, Adilson. *Racismo recreativo*. São Paulo: Pólen, 2019.

Era segunda-feira. Pedro acordou cedo. Ao abrir o portão de casa, ouviu o vizinho dar um bom-dia e dizer que estava cedo, ao que Pedro respondeu: "Hoje é segunda, Antônio, dia de preto".

Chegando ao trabalho, o porteiro da empresa mal respondeu o "bom-dia" de Pedro e, quando esse questionou, o outro respondeu: "Trabalhei que nem um preto escravo nesse final de semana. Fiz uns reparos em casa e ainda limpei o quintal todo". "E por que não contratou alguém"?, perguntou Pedro. "Porque a situação tá preta, Pedro".

Já no seu setor, Pedro percebeu que faltava alguém. Era Carla, que logo em seguida chegava atrasada e reclamando de tudo. "O que houve, Carla"?, Pedro perguntou. "O de sempre, Pedro. Esse cabelo que nem na chapinha queria alisar. Também quem mandou ter cabelo ruim né"? respondeu sorrindo. Pedro também sorriu e disse que o dia não tinha começado bem pra ele. No caminho para a empresa quase atropelara um gato preto. "Já não tenho muita sorte, imagina matar um gato preto".

O dia passou e Pedro já estava saindo quando o seu celular tocou. Era sua esposa pedindo a ele que passasse na padaria e comprasse pães e um bolo. Ao ver o celular que era novo, Fabrício comentou: "Celular novo, chefe? Muito bonito. Onde comprou? Quero um também. Pode ficar tranquilo que eu não quero o seu, só um igual, tô com uma inveja branca". Pedro riu da brincadeira e disse que comprou o celular no mercado negro, por um preço bem menor que o usual. "Vou te passar o contato, Fabrício, mas não conta pra ninguém, pois não quero ser difamado por comprar produtos ilegais. Não quero saber de ninguém denegrindo minha imagem".

Ao chegar em casa, Pedro foi recebido pelo seu filho pequeno, que com um caderno na mão foi logo dizendo que a professora havia passado uma pesquisa para fazer com os pais sobre o tema racismo. "Qual é a pergunta, filhão"?

"— Pai, você é racista?"

"— Claro que não, filho. Deus me livre!"

PERGUNTAS SEM RESPOSTAS

POR QUE ESTUDAR ADMINISTRAÇÃO?

Décadas atrás estudar Administração era uma das poucas opções que tínhamos, especialmente em faculdades e universidades que estivessem próximas ao nosso local de moradia. Com o avanço da educação à distância, tudo mudou, não só na quantidade de instituições, mas principalmente nas várias opções de cursos.

Na minha época de faculdade, diziam que Administração era o curso ideal para quem não sabia o que queria cursar, e eu concordava. Sem vocação para a área da saúde, muito menos para as engenharias, o que restava era aprender a arte de administrar. Ademais, a sinceridade da família era deveras importante, pois sempre se dizia em casa: "Se quiser fazer um curso superior, ou você paga ou passa numa pública". Fiquei com a segunda opção.

Quem estuda Administração não pode querer ser rico, ainda que possa ser um dia. Apesar de muitos executivos receberem altos salários, o que eleva a média das remunerações, grande parte ganha pouco e o mercado não está bom ou pelo menos não é atrativo, afinal de contas a preferência das empresas é sempre por assistentes administrativos e não administradores. Para grande parte delas, é tudo a mesma coisa!

Mas vamos falar da parte boa da Administração, que são suas possibilidades e conteúdo. Ainda que você não queira ser um executivo, gerente, supervisor, coordenador ou ocupar algum cargo do tipo, terá a opção de empreender abrindo seu próprio negócio ou trabalhando como consultor. E isso é possível pela quantidade de opções que a grade do curso oferece. Os conteúdos são realmente bons e podem ser aplicados principalmente no seu dia a dia.

Os chamados quatro pilares da Administração servem como norteadores do Administrador dentro das organizações, mas também em casa, ao administrar sua vida e o seu cotidiano. O primeiro trata do planejamento, base para tudo nessa vida. Estabelecer objetivos, metas, fazer escolhas e tomar decisões, pensando no hoje, mas com um olho no amanhã. O segundo é a organização. Trabalhar de forma holística, ou seja, pensar no todo e não somente nas partes; delimitar o que precisa e como deve ser feito é essencial na arte de administrar. O terceiro é a liderança ou direção, ou seja, para onde vamos, quem irá conosco, definir objetivos comuns. O bom líder é modelo e inspiração para os demais. O quarto refere-se ao controle. É a execução do planejamento por meio do seu acompanhamento. É controlar para que os desvios sejam bem administrados. Você tem controle sobre suas finanças? Monitora oportunidades no mercado? Está atento às mudanças? Pois é, ter controle é muito importante.

Além disso, estudamos disciplinas como Marketing, Custos, Agronegócio, Empreendedorismo, Qualidade, Contabilidade, Economia e Gestão de Pessoas, sendo essa última muito útil para quem quer aprender a lidar com pessoas, pois temas como liderança, motivação, conflitos, comportamento, cultura organizacional, qualidade de vida, entre outros tantos, nos mostram a necessidade que temos de conhecer o outro, afinal de contas, independentemente de você ser médico, advogado, dentista ou engenheiro, sempre trabalhará com pessoas dentro de espaços organizacionais.

Por fim, se você quer fazer um curso para ter conhecimento e que lhe sirva para a vida pessoal, indico o estudo da Administração. Mas se seu foco é apenas ter um diploma, o cardápio é bem variado. Boa sorte!

O QUE É PSEUDOFELICIDADE?

O que é pseudo é falso, enganoso. Então, se digo que a felicidade é falsa, fomos enganados? Senão, onde está a verdadeira felicidade?

Quando uma pessoa posta em suas redes sociais uma foto, na qual está sorrindo, rodeada de amigos e familiares, subentende-se que ela esteja feliz. Certo? Errado. Para início de conversa, a percepção de quem vê a foto é uma e a da pessoa que postou pode ser outra, ou pode ser a mesma que a sua, mas somente ela sabe a resposta.

No momento que alguém diz para você que vai tirar uma foto ou fazer uma *selfie*, sua primeira reação é sorrir, correto? Você faz cara de paisagem, dá uma forçada no sorriso e finaliza com uma pose. Pronto! Foto tirada, você já pode voltar ao seu normal, que pode ser o de uma pessoa feliz ou infeliz.

Ao acessar seu Instagram, por exemplo, você vê uma foto de alguém e pensa: "Que legal! Todo mundo feliz! Queria ser assim também...". Aí bate certa tristeza, que pode estar acompanhada da inveja, ou seja, a tristeza em ver alguém feliz, ou simplesmente um rápido estado de melancolia, que em casos mais graves e longos pode virar uma depressão.

Mas por que essa cena incomodou ou incomoda tanto no dia a dia? Será que todos nós sofremos do mal da inveja? Por que queremos estar no lugar do outro? Será que a vida do outro é tão boa assim?

Para essas e outras tantas perguntas, existe uma única resposta. "Porque eu preciso me conhecer". No momento em que eu busco essas e outras respostas dentro de mim, as explicações começam a se tornar cristalinas. Se estou infeliz, o motivo só eu sei, mas talvez não queira aceitá-lo. A culpa, se é que há culpados, não é da pessoa que está publicando seus momentos, não é do mundo que está confabulando contra mim, ela é minha, porque estou fugindo de mim mesmo, escondendo-me atrás dos meus medos e angústias.

Nem sempre o que está na internet é real. E não importa que seja, porque as coisas e as pessoas só vão se tornar interessantes ou belas a partir do nosso olhar. Se eu vejo uma foto com o olhar positivo, encontrarei significados belos nela. No entanto, se a visão for negativa, vou achar aquela imagem agressiva, interpretando-a a partir do meu olhar de tristeza.

Por isso temos que ter muito cuidado ao acessar redes sociais e notícias na internet. Quem escreve ou posta uma foto pode estar fazendo com a intenção de mostrar exatamente o contrário do que ela pensa ou está sentindo. Infelizmente, a pseudofelicidade de uns traz a infelicidade aos outros. E o problema nunca está no outro, porque ele você não pode mudar, já você...

O QUE É RESPEITO?

No dicionário, respeito[50] é o "sentimento que leva alguém a tratar as outras pessoas com grande atenção e profunda deferência, consideração ou reverência".

Ainda na infância aprendemos a ter respeito pelos nossos pais. Chamá-los de "senhor" e "senhora", pedir a benção, perguntar se pode ou não realizar determinada ação. Enfim, o respeito passa ou passava pelo "sim" ou "não" daqueles que nos educavam.

Na sala de aula também aprendemos a respeitar o professor. É ele quem manda. E nós obedecemos! Porque o professor é o mestre, ele sabe tudo, ele é a autoridade, e ao entrar ou sair da sala pedimos permissão. Respeitamos ainda o docente, pois ele é mais velho que nós, e como tal devemos seguir as regras por ele impostas.

Na adolescência começamos então a nos tornar rebeldes, e perdemos um pouco, para outros muito, do respeito que adquirimos até então. Nos descobrimos "os donos da verdade" e cheios de razão passamos a questionar tudo e todos, ainda que a relação de dependência continue existindo entre pais e filhos.

Quando saímos da casa dos pais ou nos tornamos adultos é que a grande mudança acontece. Agora somos nós que mandamos em nossas casas e, sendo assim, quem dita as regras não é mais o professor, quem diz "sim" ou "não" não são os nossos pais. O comando mudou de mãos e o respeito parece mudar de significado.

Alguns descobrem com o tempo que chamar o pai ou a mãe de senhor e senhora não é tão importante, mas sim a forma como tratá-los. Outros descobrem que o respeito ao professor não deve ou não devia ser pelo seu cargo de docente ou autoridade em sala de aula, e sim por ser um profissional exemplar. Descobrimos ainda que o respeito não está na fala, no gesto ou na formalidade dos cargos, e sim no comportamento das pessoas, e a isso damos o nome de exemplo.

Sempre que falamos de respeito, precisamos entender que o ato de respeitar passa pelo exemplo que tivemos em casa, na sala de

---

[50] RESPEITO. Disponível em: https://www.dicio.com.br/respeito/. Acesso em: 6 set. 2023.

aula, na igreja, ou em qualquer outro lugar. Se não respeito a minha posição numa fila de supermercado é porque em algum momento vi meus pais ou parentes fazendo a mesma coisa. Se não respeito a placa de proibido estacionar é porque presenciei alguém que me cobrava respeito fazendo o mesmo. O que eu fiz? Segui o exemplo.

Que possamos ter o cuidado e a coerência de não exigirmos respeito aos outros e agirmos de forma contraditória ao que pregamos em nosso discurso. Respeitar tem a ver com ação, com exemplo, com o real e não com o que idealizamos. Que mesmo não sendo pais ou professores possamos ser exemplos silenciosos para os outros, seja cedendo o lugar a um idoso numa fila, seja parando antes das faixas para pedestres, seja seguindo as normas da empresa, enfim, que ao cometimento de qualquer ato ético com relação aos outros possamos deixar clara a mensagem de que respeitar o nosso semelhante é como dizer a ele: "Você é importante pra mim"!

POR QUE BUSCAMOS DEFINIÇÕES?

Definir é delimitar. É estabelecer limites. E quando estabelecemos limites nos tornamos mais tranquilos, pois sabemos que não haverá mudanças, e o que precisa ser conhecido já está estabelecido, visual ou mentalmente.

Quando você compra um terreno e constrói muros em seus quatro lados, está delimitando, mostrando o que é seu e o que não é. É mais ou menos assim que definimos as coisas, e as pessoas.

Falando das pessoas, gostamos de defini-las para entendê-las e assim saber conviver com elas ou, de outro modo, afastar-se delas. Se você posta em suas redes sociais que é politicamente de esquerda, algumas pessoas que são de direita deixarão de segui-lo, porque você não serve para elas. E vice-versa.

Se você vai a uma loja de calçados e por qualquer motivo sai de lá insatisfeito com o atendimento ou com a estrutura física, define que o estabelecimento é péssimo e que, portanto, não mais o frequentará. De certa forma seu cérebro gastará menos energia, porque todas as vezes que você se decidir a sair de casa para ir a uma loja de calçados, automaticamente terá menos opções, afinal de contas você não voltará àquele lugar, correto?

As pessoas gostam de definições, tanto para o bem quanto para o mal. Nas eleições, por exemplo, escolhemos um candidato e o definimos como o melhor. Mesmo ele não demonstrando ser tão bom após os primeiros dois anos de mandato, insistimos em nossa escolha, porque mudar de ideia, voltar atrás, reconhecer o erro, pedir desculpas, dar o braço a torcer é sempre mais difícil que assumir a possibilidade de que a nossa definição estava incorreta.

O problema de definir é que também rotulamos. Você discute com o garçom e decide que nunca mais volta àquele bar. Rotula-o como mal-educado e o local como ruim e ainda conta a história para todas as pessoas com quem convive. Mas na discussão quem estava certo? Quem estava errado? É possível definir isso?

Quando definimos que algo é ruim ou bom para nós, estamos criando crenças. Acreditamos que a nossa religião é melhor que a do outro. Acreditamos que as pessoas da nossa família são as mais confiáveis. Acreditamos que o nosso entendimento político é o mais correto. Acreditamos que as pessoas que se vestem bem são mais bem-sucedidas. E por aí vai...

Repito: definir é colocar limites. Se você conhece a palavra manga como sendo um fruto, esse é o seu limite. Você o definiu. No entanto, quando você pesquisa a mesma palavra na internet ou num dicionário, verá que ela tem mais de quatro significados. O que isso quer dizer? Que precisamos pesquisar e conhecer a fundo tudo aquilo que nos cerca, sejam objetos, sejam pessoas. Que definir alguém por um ato, ou por um pensamento, ou mesmo por modo de vida pode ser arriscado, porque fatalmente perderemos a oportunidade de compreender que todos somos humanos, e como tal temos defeitos, mas também virtudes.

PERGUNTAS SEM RESPOSTAS

VOCÊ SE IMPORTA COM OS DETALHES?

Detalhe é algo simples, pequeno, uma particularidade que muitas vezes não damos o valor devido. E ele geralmente aparece ou se torna importante quando menos esperamos.

O aluno está assistindo a uma aula e sai antes que ela termine. Naqueles últimos quinze minutos o professor explica uma parte do conteúdo que estará presente na próxima avaliação. Esse mesmo aluno perde média exatamente porque não assistiu à explicação e acabou não indo tão bem na prova como esperava.

Paulo não foi aprovado no concurso por causa de uma questão. Essa questão tinha peso três e se tivesse acertado hoje seria servidor público. Karine candidatou-se a uma vaga de emprego na empresa X e chegou atrasada dois minutos para a entrevista marcada para às 15 horas. Resultado? Foi desclassificada.

Fernando saiu cedo de casa para participar de uma entrevista de emprego. Tomou banho, aparou a barba, escovou os dentes, colocou a melhor camisa e foi. Tudo parecia tranquilo até o seu celular tocar durante a entrevista. Resultado? Não foi aprovado.

Detalhes são importantes porque podem definir as nossas vidas –profissional e pessoal. Uma resposta mais ríspida de alguém pode nos indicar o temperamento daquela pessoa com a qual gostaríamos de nos relacionar. Um inseto na cozinha do restaurante pode significar falta de higiene no estabelecimento. Um minuto, dez centímetros ou uma questão marcada como certa ou errada podem salvar uma vida ou ajudar a destrui-la, levar alguém ao fracasso ou ao sucesso. Infelizmente é assim, é no detalhe que estão as vitórias, e as derrotas.

Preocupamo-nos demasiadamente com o resultado, mas muitas vezes deixamos o detalhe de lado. Focamos bater a meta, fazendo de tudo para alcançá-la, mas esquecemos que ao lado tem um colega que não conseguiu e vibramos mesmo assim, porque a derrota dele é apenas um detalhe. O que conta mesmo é a nossa vitória.

Como se pode ver, os detalhes são importantes tanto nas conquistas quanto nos reveses. Olhamos sempre para o centro e esquecemos da periferia. Lemos todo o conteúdo, mas não nos apegamos aos detalhes; limpamos os quartos e as salas e esquecemos a poeira em cima dos móveis. Por quê? Talvez porque ninguém esteja vendo, além de nós. É o que achamos, mas pode não ser assim.

Estamos sempre sendo avaliados a todo instante e é nos detalhes que vão escolher entre você e o outro. Uma frase mal colocada, um furo na camisa, um cadarço desamarrado, um piscar malicioso de olho, um toque indevido, uma lágrima ou um sorriso, tudo pode fazer uma grande diferença. O erro e o acerto estão bem próximos, sendo distintos por algo muitas vezes imperceptível - o detalhe.

POR QUE MUDAR O OUTRO?

O ato de mudar é de cada um. Só mudamos quando sentimos que a mudança é necessária e, mesmo que alguém insista, clame, implore que mudemos, ela (a mudança) só acontecerá quando sentirmos vontade de mudar.

Sônia é a nossa personagem. A sua beleza se contrapunha às suas crenças. Acreditava piamente que a opinião dos outros importava. E vivia sua vida assim. Suas amizades, suas roupas, seu modo de falar e de agir eram em conformidade com o que a "boa sociedade" exigia. Para piorar, seu marido era o oposto. Sujeito simples, de hábitos comuns, adorava conversar fiado, andar de chinelo e bermuda, e não se importava muito com o que os outros pensavam dele, afinal, como ele dizia, "Ninguém anda pagando minhas contas".

Relacionamentos que começam assim, entre pessoas muito diferentes, costumam não ir adiante, especialmente quando o comportamento de um incomoda o outro. Essa história de que os opostos se atraem parece mais coisa de novela que de vida real. Voltando ao casal, Sônia se sentia desprestigiada pelo próprio marido, porque sempre comprava roupas novas e caras, mas quando as usava não se sentia feliz, pois o marido não pensava e agia como ela.

Certo dia Sônia cansou e caiu em prantos antes de um compromisso. Vestida de forma impecável, viu o marido sair do quarto com a camisa do seu time de futebol. A decepção no seu rosto ficou clara e, mesmo implorando para que o marido trocasse de roupa,

PERGUNTAS SEM RESPOSTAS

não conseguiu dissuadi-lo. Represando todos os sentimentos ruins, não suportou mais e despejou tudo o que sentia contra o marido. Em seguida caiu em prantos, e o evento que fora sonhado também se desfez.

O marido de Sônia, espantado com o que acontecera, decidiu então mudar. Repensou os prós e contras e resolveu que agradaria a esposa, o que certamente fortaleceria seu casamento. Foi à melhor loja da cidade e encheu as sacolas: tênis, sapatos sociais, camisas de marca, meias, calças etc. Quando chegou em casa, a esposa parecia não acreditar e, vendo aquele monte de sacolas e roupas, abraçou-o e beijou-o, e até uma pequena lágrima pôde ser vista rolando pelo seu rosto. Enfim, ela havia conseguido mudar o marido.

Então veio um novo evento. Devidamente arrumados saíram felizes para a festa. O marido se sentindo ainda estranho pelas roupas e Sônia segurando a mão do marido como se fosse um troféu. Alguém consegue adivinhar quem foi o centro das atenções na festa? Quem respondeu que foi o marido de Sônia acertou. Foram tantos elogios, brincadeiras, olhares audaciosos que Sônia passou despercebida. Seu marido, até então não muito sociável, pareceu gostar desse novo modo de viver e passou a se destacar nos eventos, sempre sorrindo, conversando muito e, principalmente, bem-vestido. Passou a marcar compromissos, e vestir-se de forma impecável passou a ser um hábito.

E Sônia? Bem, Sônia começou a não se importar tanto com o bem-vestir, em comprar novas roupas, nem mesmo frequentar tantas festas. Cada vez mais foi desgostando de sair, até adoecer. Aconselhada por amigas e parentes, procurou terapia. Aos poucos foi aceitando que cada um tem suas idiossincrasias e que mudar nem sempre é positivo, especialmente quando a mudança se dá de forma abrupta ou desmotivada.

E o marido de Sônia? Bem, não se sabe muito bem o que ele anda fazendo hoje, somente que não continuou a ser fiel à esposa e que, meses depois, pediu o divórcio. Morou sozinho por um tempo e voltou a se vestir como antes, de forma bem simples. A vida de festas, as roupas novas e o relacionamento acabaram, mas parece que a sua essência se manteve.

Nas grandes lições que a vida nos traz todos os dias, Sônia precisou estar sozinha para se conhecer melhor e aos outros. Já o marido dela precisou mudar externamente para entender que a mudança deve vir de dentro. E ambos descobriram que ninguém muda ninguém!

PARA QUE SERVEM AS DERROTAS?

Vencer é sempre bom! No entanto, é nas derrotas que refletimos mais sobre os nossos erros e acertos e até mesmo sobre a maneira como temos conduzido as nossas vidas.

As derrotas costumam ter um sabor amargo, porque nos trazem um sentimento de decepção, já que a expectativa era de vitória. Muitas vezes choramos e até mesmo colocamos a culpa em alguém. Mas quando o tempo passa e nos mostra que a vida só pode ser vivida e compreendida a partir de um olhar duplo – fracasso e sucesso–, aprendemos com a experiência negativa, buscando transformá-la em algo positivo a ser utilizado no futuro.

Derrotas não dizem que somos piores que os outros, e sim que algo dentro de nós precisa melhorar. Perder quando o adversário foi melhor não é humilhante. Desonroso é quando perdemos e procuramos culpados, é quando olhamos para fora em vez de olhar para dentro.

Ao perder, necessitamos também olhar para trás. Onde erramos? Em qual ponto falhamos? Faltou treino, dedicação, esforço? Quando você é aprovado num concurso, geralmente não olha pra trás, não se preocupa com aquelas questões que marcou de forma errada, porque o mais importante você conseguiu. O objetivo foi alcançado. Porém, ao ser reprovado, lembramos e até sonhamos com as questões erradas. Falta de atenção, impaciência, preguiça de pensar, calor, tudo isso pode ter influenciado, mas quando o erro foi motivado por sua falta de estudo, chegamos enfim ao culpado: você.

Mas falo em culpa com o desejo de reflexão. Se o erro foi meu, vou assumi-lo e tentar fazer diferente na próxima vez. A assunção da sua culpabilidade nas derrotas demonstra que você está no caminho certo das conquistas, pois, quando olhamos para dentro e aprendemos um pouco mais de nós mesmos (autoconhecimento), temos a oportunidade de mudarmos a rota e com mais segurança chegarmos ao topo.

As vitórias, quando acontecem, nos mostram que o esforço e a dedicação valeram muito a pena. As derrotas, por suas vezes, nos servem como norteadores. São elas que indicam não só o melhor caminho para seguirmos em busca do êxito, mas também que o sucesso profissional passa, em grande medida, por ações que realizamos na vida pessoal.

Infelizmente algumas pessoas costumam separar a vida pessoal da vida profissional, como se só pudéssemos alcançar o sucesso em uma delas e, portanto, fosse necessária uma escolha, uma decisão. Penso que pessoas que se autoconhecem, que são determinadas, dedicadas ou motivadas, e que se esforçam para ter também uma vida pessoal de sucesso – seja no casamento, na criação dos filhos ou no cuidado aos pais – acabam se tornando também excelentes profissionais. É difícil conceber o pensamento de que uma mesma pessoa possa ser um ótimo administrador na empresa e um péssimo administrador em casa. Geralmente, antes de sermos bons profissionais, necessitamos ser boas pessoas.

Por isso, ao vencer, simplesmente comemore. Mas quando perder, lembre-se de refletir sobre a derrota. Essa reflexão vai oportunizar que você se conheça melhor e que o seu sucesso profissional vai sempre estar atrelado à sua vida pessoal.

POR QUE TEMOS MEDO DE SER FELIZES?

O medo nos acompanha desde os primórdios da humanidade. A frase pode até ser clichê, mas ainda assim é verdadeira. Afinal de contas, sentir medo é algo comum à nossa espécie, mesmo que tenhamos evoluído ao ponto de construirmos barreiras que nos protegem dos perigos do ambiente no qual vivemos.

Trocando em miúdos, vamos criando formas de reduzir a possibilidade do sofrimento, porque é isso que pensamos quando sentimos medo – não sofrer. Não saímos de casa para não sermos assaltados.

Não viajamos de carro, porque podemos nos acidentar. Não dizemos "Eu te amo", porque podemos nos arrepender. Não assumimos cargos, porque não queremos ser julgados. Não continuamos os estudos, porque talvez não sejamos aprovados. E assim o medo nos dá a mão e caminha conosco durante toda a vida, lado a lado...

Não somos felizes, primeiro porque não conseguimos definir muito bem o que é felicidade. Mas mesmos quando conseguimos não o somos, porque temos medo da felicidade. Muitos acreditam não serem merecedores daquele momento feliz que estão vivendo. E logo pensam: "É uma fase. Logo vai passar". Como se, necessariamente, o fato de eu estar feliz implicasse que logo em seguida algo ruim fosse acontecer, para me mostrar que estar infeliz é o normal. E aí, tempos depois, surge aquela frase: "Eu era feliz e não sabia".

De certo modo, olhamos a felicidade com o olhar do desejo. Se tenho saúde, uma moradia, um veículo e um emprego, por que não posso ser feliz com o que tenho? Por que não posso olhar para dentro e pensar que isso me basta? Se tenho um casamento feliz, amigos fiéis, uma família que me abraça e me quer bem, por que não posso ser feliz assim? O que mais eu preciso para ser feliz?

Talvez seja aí que resida o problema – o olhar para dentro. Costumamos olhar para fora, para o outro, para o futuro. Esquecemos de olhar pra trás, para ver a nossa evolução. Esquecemos de olhar para dentro, e enxergarmos o que nos é essencial na vida. Temos o olhar míope para o outro, como se a vida dele fosse mais interessante e, dessa forma, mais feliz.

Temos medo de ser felizes, porque a felicidade nos traz consequências, assim como qualquer escolha. Ao escolher ser feliz, pessoas próximas me invejarão, e eu temo a inveja; pessoas cobiçarão meus bens e minha felicidade, e eu não estou preparado para isso; pessoas no meu trabalho me farão críticas quanto ao cargo que ocupo; pessoas do meu convívio duvidarão da minha honestidade nos meus relacionamentos. Escolher é fazer uma opção e carregar consigo todas as consequências do ato.

Quando optamos pela inação, pelo comodismo, abdicamos de ser felizes pelo medo de agir, pelo medo do que os outros vão pensar ou falar de nós. Uma coisa é certa: não vamos deixar de sentir medo. Mas outra é muito mais importante: saber lidar com o medo. E para isso, duas coisas são importantes: a coragem e o hábito.

PERGUNTAS SEM RESPOSTAS

QUANDO TOMAR UMA DECISÃO?

Decisões são sempre difíceis de serem tomadas. Muitas vezes não sabemos a hora, o dia ou o momento certo para tomá-las. Mas será que esse momento certo existe?

A primeira palavra que me vem à mente quando penso em tomar uma decisão é cansaço. Quando você está cansado da vida que está levando, do emprego que tem, do relacionamento maçante, ou de qualquer outra situação na qual lhe traz insatisfação, a decisão parece estar mais próxima ou ser mais clara.

No entanto, há decisões que são mais importantes que outras, mas que ainda assim nos tomam tempo. Decidir qual roupa usar para ir trabalhar ou para ir a uma festa pode não ser muito relevante, mas a forma como você vai pensar sobre essa decisão é importante. Se escolher a roupa com base no que você gosta, ótimo. Se escolhê-la pensando na opinião alheia, talvez as consequências da decisão irão te importunar.

Tomar decisões implica obviamente consequências. E se você as toma sem pensar nelas, pode vir a sofrer. Se decido sair do meu emprego, porque acredito que a empresa vai falir e meses depois ela não quebra e, pelo contrário, se torna uma das melhores organizações no mercado, o meu pensamento será: "Tomei a decisão errada".

Mas existe decisão certa e decisão errada? Acredito que não. O único erro que vejo em decisões é o já citado anteriormente, tomá-las pensando no ambiente externo e não naquilo que você acredita ou sente. Quando decido deixar meu emprego, é porque ele não mais me agrada, sejam as atividades que realizo, seja o ambiente de trabalho, ou porque verifico que há outras possibilidades ao meu redor, que podem me trazer maior satisfação.

Embora as decisões sejam importantes, muitas pessoas abdicam delas, e esperam que o ambiente externo ou alguém promova as mudanças. Em vez de pedir demissão, espero ser demitido. Em vez de terminar o relacionamento, espero que o outro tome a iniciativa. Ainda que seja cômodo para alguns essa inação, ela pode trazer também consequências negativas devido ao fato de as mudanças terem acontecido de forma abrupta e sem planejamento. Ouvir um

129

"não" inesperado é desagradável e pode trazer efeitos com os quais você terá dificuldades de lidar.

É imperativo, portanto, que mudemos a nossa forma de pensar com relação à tomada de decisões. Elas sempre nos mostrarão que algo deu certo, mas que algo também deu errado, ou seja, é como uma balança, de um lado os aspectos positivos da decisão, do outro os negativos. Por isso, pensar antes de agir é inevitável. É o que chamamos costumeiramente de prudência. Mas cuidado, pois quando há excesso de prudência o resultado pode ser a covardia.

O QUE É PRECISO NUM RELACIONAMENTO[51] AMOROSO?

A etimologia da palavra "relacionar" indica o latim *relatio*, ou restauração, ato de trazer de volta. Desse modo, quem se relaciona sempre volta. Há um primeiro encontro, depois um segundo, até que o relacionamento se torna namoro, noivado e por fim casamento (ou união). Nesse sentido, quando há ruptura, ou seja, quando não há volta, não há relacionamento.

Relacionamentos amorosos sempre são difíceis, pois envolvem pessoas que, muitas vezes, pensam e agem de forma diferente. Sempre digo que o casamento foi feito para não dar certo. Por quê? Porque a ideia do casamento é colocar duas pessoas diferentes embaixo do mesmo teto. Quando se namora é cada um em sua casa; quando há brigas, cada um vai para sua casa; quando as contas chegam, cada um paga as suas, e assim o relacionamento não implica escolhas ou decisões, porque cada um toma a sua como melhor lhe aprouver.

No entanto, independentemente do tipo de relacionamento, algumas regras são de ouro e precisam ser seguidas. Podemos até discutir se as chamamos de regras, mas essas ações são necessárias para que o relacionamento perdure, assim como se prega na igreja, "até que a morte os separe".

---

[51] RELACIONAMENTO. Disponível em: https://www.dicionarioetimologico.com.br/relacionamento/. Acesso em: 6 set. 2023.

A primeira regra de um bom relacionamento amoroso é a amizade. Amigos podem se encontrar pouco, podem discordar de pensamentos e ações, podem divergir politicamente, mas continuam sendo amigos. Porque o que precede a amizade é o respeito. Amigos não traem, porque se traem é sinal de que a amizade não era verdadeira. Gostamos dos amigos, pensamos neles, queremos estar próximos a eles, porque sabemos que o papo flui, que eles nos entendem e vice-versa, que podemos contar com eles, que há diálogo, que mesmo à distância há entendimento, que a amizade é mais forte que qualquer coisa.

A segunda regra trata da admiração. Não há como você gostar de alguém sem admirá-lo. Precisamos admirar a pessoa que está ao nosso lado, pela beleza, pela inteligência, pela conduta ética, pela honestidade e seriedade, enfim, é necessário admirar o outro, porque isso faz bem ao relacionamento. Quando admiro tenho medo da perda do parceiro. Desejo que a pessoa esteja ao lado, assim como a um amigo. Vejo qualidades nela, que talvez em mim sejam menores. Reconheço que estou com alguém admirável e que a minha vontade é continuar com ele para sempre. Como é bom estar ao lado de alguém que lhe faz bem, que lhe quer bem, que tem tantas qualidades.

A terceira regra é o amor. Mas por que o amor vem por último? Porque sem a amizade e a admiração o amor não tem forças. Podemos dizer um "Eu te amo" a qualquer pessoa, mas o sentir não. O amor não está nas palavras e sim nas ações, no dia a dia, no admirar, no querer bem, no cuidar, no pensar no outro, ele estando perto ou longe. É mais que amizade. É empatia. É muitas vezes colocar no outro o sentido de sua vida, mesmo sabendo que se não der certo o melhor foi feito. É ter a capacidade de compreender que mesmo que não seja para sempre vai valer a pena. É correr riscos, é se entregar.

Poderíamos ficar aqui escrevendo páginas e páginas acerca dos relacionamentos amorosos, sobre admiração, amizade e amor. Mas descobriríamos que o essencial não é pensar em você e no quanto você deseja ser feliz com alguém, e que o seu modo de agir e pensar é que vão atrair o outro e não o contrário. Porque, como dizia Mário Quintana[52], em seu poema *Um dia*, "No final das contas,

---

[52] QUINTANA, Mario. *Poesia completa*. Rio de Janeiro: Nova Aguilar, 2005.

você vai achar não quem você estava procurando, mas quem estava procurando por você...".

O QUE É EMPATIA?

Palavra da moda, empatia é algo difícil de ser alcançado. Colocar-se no lugar do outro. Compreender as emoções do outro. Entender o que o outro está sentindo, buscando para tanto ter os mesmos sentimentos que ele ou ela. Ou como diziam e dizem os mais velhos: "Não faça com os outros o que você não gostaria que fizessem com você".

Falar é sempre mais fácil que agir. É bonito você dizer que tem empatia, que você se coloca no lugar do outro, mas é muito difícil isso ser transportado para a vida real. No mundo ideal dizemos que estamos sofrendo com o sofrimento do outro, que imaginamos o quão ruim é estar passando por aquela situação. No mundo real não acontece da mesma forma, e isso se deve ao fato de que não pensamos no outro quando agimos.

Vejamos o exemplo no trabalho. Você odeia que o seu chefe envie mensagens no *WhatsApp* após o horário de expediente. Mas quando você é o chefe age da mesma forma. A sensação sentida por você foi ruim, mas quando você teve a oportunidade de se colocar no lugar do outro, porque também já havia passado por aquela situação, não conseguiu fazê-lo. Por isso repito, dizer que tem empatia é diferente de ter empatia.

Ninguém sabe o que o outro está pensando ou sentindo até que alguém pergunte. Ainda assim, nunca vamos ter a certeza de que a resposta é a correta. Alguns fingem, outros nem mesmo conseguem definir o que estão sentindo, e poucos terão a coragem de dizer o que realmente estão sentindo. Por isso, ter empatia não é como ligar um interruptor. Eu aperto e me torno empático.

A empatia exige-nos duas qualidades importantes, e que muitas vezes não as temos ou não nos importamos em tê-las. A primeira diz respeito à sociabilidade, ou seja, pessoas que são mais sociáveis, ou o que costumo chamar de "gostar de gente". São esses os que apresentam maior probabilidade em ser empáticos. Gostam de gente, gostam de andar em grupos, estão sempre preocupados com os outros, amam socializar a vida.

A segunda característica é o que costumeiramente chamam de *feeling*. É a percepção que algumas pessoas têm sobre pessoas e situações. É um sentimento ou uma sensibilidade aguçada, que torna a pessoa capaz de compreender a outra. Geralmente essas pessoas são observadoras. Observam o ambiente, as pessoas, as atitudes, as falas, e conseguem agir de modo a entender o que o outro quis dizer ou fazer. É importante pontuar que essas pessoas gostam de estudar o ser humano e decifrar os muitos mistérios que existem nas relações pessoais.

Convém salientar que, mesmo que não tenhamos essas duas relevantes características, ainda assim podemos ser empáticos. A empatia passa necessariamente por um processo de mudança, no qual mudamos apenas uma atitude – o olhar. Por isso, gosto e repito sempre a frase que é atribuída a Wayne Dyer: "Mude o modo que você olha para as coisas, e as coisas que você olha mudarão[53]".

POR QUE É PRECISO SER DIFERENTE?

"Não há nada que seja maior evidência de insanidade do que fazer a mesma coisa dia após dia e esperar resultados diferentes[54]". A frase atribuída a Albert Einstein é perfeita para começarmos este texto, porque a partir de agora precisamos definir o que é ser diferente.

Conheço gente que se diz diferente, mas só anda na moda. Então não é diferente, porque todo mundo (ou a maioria) quer estar na moda. Tem gente que não muda, porque mudar dá trabalho. O melhor então é continuar sendo igual, porque assim ninguém vai questionar a sua diferença.

---

[53] WAYNE DYER. Disponível em: https://citacoes.in/citacoes/576053-wayne-walter-dyer-mude-o-mo-do-que-voce-olha-para-as-coisas-e-as-coi/ Acesso em: 5 set.2023.
[54] EINSTEIN. Disponível em: https://citacoes.in/citacoes/603062-albert-einstein-nao-ha-nada-que-se-ja-maior-evidencia-de-insanidade/. Acesso em: 5 set.2023.

Ser diferente, no entanto, não diz respeito só à moda, comportamento ou fazer coisas extraordinárias. Pensar diferente precede ser diferente. Porque se todo mundo pensa igual, a tendência é que tudo aconteça sempre da mesma forma. Vejamos então. Se você deseja ser aprovado num concurso público, em algum momento precisará pensar diferente e dessa forma agir também de forma diferente, concorda? Deixar de sair, sair das redes sociais, reservar um horário específico para os estudos, cortar gastos desnecessários para investir em livros, apostilas e outros materiais, enfim, se você agir como a maioria, vai continuar apenas tentando, mas sem êxito.

Outro exemplo que gosto é o do casamento. Se você quer que o seu casamento seja diferente, você precisa também ser diferente. Pensar como a maioria talvez não lhe traga muitos benefícios. Ser diferente no casamento é pensar primeiro no outro e não em você. Acostumamo-nos com a ideia de que "eu preciso ser feliz", mas e o outro? Pensar diferente é compreender que o ato de casar é precedido de mudanças. Morre o solteiro, nasce o casado. Mas eu tenho minhas individualidades, como faço? Adapte-se! Ninguém lhe obrigou a casar. Ser diferente no casamento é dividir tarefas do lar, é pensar que o outro não é seu empregado ou sua mãe ou seu pai. É quem você escolheu para viver toda a vida. E se não deu certo? É sinal de que você agiu como a maioria, do mesmo modo, ou seja, "se não deu certo então separa". Porque está na moda dizer isso. É mais fácil dizer que tentar mudar!

Nos comportamos da mesma forma que os outros. Somos seres que imitam, que seguem, que copiam e depois criticamos quando nos deparamos com alguém diferente. Ser autêntico é ser diferente, é ser você mesmo, e pessoas assim deveríamos admirar. Ser quem você é e não o que os outros querem que seja. Gosta de redes sociais? Não. Então não entre. Então saia. Suas roupas e sapatos não são confortáveis, mas são caros e da moda. O que fazer? Mude! Troque! Vista roupas que lhe dão prazer. Não gosta do seu cabelo? Mude-o. Corte-o. Faça um novo penteado. O que os outros vão pensar? Não importa. O que importa é a sua autenticidade. É ser você, ainda que ser você seja ser diferente.

À medida que envelhecemos, preocupamo-nos menos com o que os outros pensam, e vamos nos tornando nós mesmos, porque é assim que deve ser. As nossas conquistas são sempre o resultado de comportamentos diferentes que tivemos. Reparem e vejam. Pessoas bem-sucedidas profissionalmente pensaram e agiram de forma diferente em determinados momentos da vida. Os exemplos que carregamos em nossas vidas pessoais são também de indivíduos que tiveram insights e agiram de modo contrário ao que a maioria pensava.

O mundo é dos diferentes, mas se você continuar pensando da mesma maneira que a maioria, ou fazendo as mesmas coisas todos os dias, vai sempre acreditar que a vida dos outros é sempre melhor que a sua, e mais, não vai sair nunca do lugar que está.

POR QUE NOS DECEPCIONAMOS?

Desapontamento, desilusão, frustração. Todos os significados nos informam que a decepção é um sentimento criado ou sentido por nós, e não pelos outros, como muitos acreditam. Portanto, decepcionar é um ato que podemos evitar, ainda que seja uma árdua tarefa.

Epicteto, filósofo grego, dizia em seu *O manual para a vida*[55], que *"As coisas se dividem em duas: as que dependem de nós e as que não dependem de nós"*. Nesse sentido, se não depende de nós a atitude que é do outro, porque esperar que o outro faça sempre o bem, ou que o outro aja conforme desejamos? A resposta parece simples. Porque acreditamos no ser humano e a partir dessa crença criamos expectativas com relação aos outros.

O sujeito candidata-se a uma vaga de emprego. O currículo dele é extenso, com muitas experiências, cursos, conhecimentos e diversas qualidades. O que se espera desse sujeito? Que ele seja um ótimo empregado, que produza, que trabalhe em equipe, que seja motivado. Expectativa diferente da realidade. Ele não produz, não gosta de trabalhar, não consegue trabalhar em equipe, não se sente motivado, não gosta do salário que recebe. Resultado: decepção do chefe ou de quem o contratou.

---

[55] EPICTETO. *Manual para a vida*. Enchiridion de Epicteto. Tradução de Edson Bini. São Paulo: Edipro, 2021.

Estamos em todos os instantes de nossas vidas criando expectativas. É sobre o novo emprego, o novo relacionamento, a nova roupa. Por que sempre o novo na frente? Porque acreditamos que tudo o que é novo é bom, e então esquecemos do velho, daquilo que na nossa visão já foi bom, e agora não é mais.

Precisamos refletir sobre o que queremos. A partir disso, visualizar possibilidades que podem acontecer ou não. Estudar de forma intensa para um concurso não significa que seremos aprovados, mas é o caminho mais curto para se ter êxito. O problema é quando criamos as expectativas. E se algo sai em desacordo ao que esperávamos, vem a frustração, a decepção.

Todos nós, em algum momento da vida, nos decepcionamos. Seja com um produto adquirido numa loja ou comprado virtualmente, um serviço prestado de forma ruim, até a pior delas, uma pessoa que gostávamos e admirávamos. Esperamos muito do outro, seja quem for o outro – um familiar, um colega de trabalho, um amigo, um namorado. E quando acontece, a frase clichê é: "Eu nunca esperava isso dele ou dela".

No entanto, é relevante pontuar que não criar expectativas é uma ação complicada de ser realizada. Acreditamos sempre que o outro é bom, que não nos abandonará, que estará sempre ao lado, e por isso, em certa medida, confiamos cegamente nas pessoas, até que a nossa crença desabe.

O que fazer então? Rezar? Não se relacionar com ninguém? Não comprar mais nada na internet? Infelizmente a inação se mostra pior que a ação de esperar ou de criar expectativas. O segredo talvez seja aceitar que as nossas vidas acontecem em meio a contingências, sejam elas boas ou ruins, e que o sofrimento deve ser encarado de forma comum, uma peça integrante do nosso cotidiano. Pensar nessas horas não vai te trazer tantos benefícios, mas viver sim. Por isso, viva cada momento e tente não esperar nada de ninguém, afinal o ser humano nunca foi perfeito, nem será.

O QUE HÁ ENTRE OS EXTREMOS?

Uma simples régua é o exemplo ideal dos extremos. O que há neles? As respostas variam: o máximo e o mínimo; o maior e o menor; o muito e o pouco; o tudo e o nada.

Extremos nos dão a mostra de que num sentido da régua encontraremos o maior número e no sentido oposto o menor número. Podemos dizer que numa ponta está a excelência e na outra a insuficiência. E mais, numa extremidade encontramos o bem, enquanto na outra o mal. Mas quem vai decidir isso? Todos nós, em algum momento da vida.

Opostos não se atraem, se rejeitam. Quem está de um lado é esquerdista, quem está do outro é direitista. Numa ponta está a vida, e na outra a morte. De um lado o feio e do outro o belo. O calor e o frio. O dia e a noite. O sono e a vigília. A guerra e a paz. O sol e a lua...

O problema dos extremos não são eles, mas quem se coloca sobre eles. O sol é importante, mas a chuva também. Sonhar é importante, mas estar desperto é da mesma forma essencial. Precisamos ser felizes, mas é a infelicidade que vai nos mostrar o caminho da felicidade.

Quando choramos nos colocamos numa das extremidades da régua, porque nos sentimos mal, tristes, solitários, envergonhados, apáticos. No outro extremo estão o sorriso, a alegria, as mãos dadas, a festa, o bem-estar. Nunca estaremos sempre numa das extremidades, porque desse modo não teríamos a consciência de que a outra existe. Só nos sentimos bem porque já vivenciamos o mal e nos sentimos mal por conhecermos o bem.

A lógica dos extremos é você ir e voltar. Conquistas e vitórias nos colocam no fim da régua, no topo, no máximo. Mas não vai ser sempre assim! Vez ou outra estaremos no lado oposto, quando surgirem as derrotas, o prejuízo, a dor, o fracasso. Por isso precisamos nos preparar para andar nessa régua, a qual chamamos de vida, compreendendo que muitas vezes seremos o sucesso, e em outras o fracasso.

Os extremos nos mostram que é preciso mudar de opinião, porque sempre ter a mesma não é saudável. É sinal de pouca leitura, conhecimento, sabedoria; porque mudar é mais importante que ficar parado. Se não caminharmos sobre a régua, buscando o máximo, mas tendo o entendimento de que algumas ou muitas vezes alcançaremos o mínimo, não descobriremos que o importante está na viagem e não no destino.

Por isso, se você me pergunta o que há entre os extremos, eu respondo: o equilíbrio. Só ele pode nos levar a uma vida plena. Aqueles que escolhem a extremidade maior não são mais felizes, mas podemos chamá-los de fanáticos. Aqueles que optam pela extremidade menor não são infelizes, mas os chamamos de covardes. Aqueles que estão no meio da régua não são os espertos, e sim os medíocres ou medianos. Onde está então o equilíbrio? No caminhar...

O QUE APRENDEMOS COM OS JARDINS?

Jardins são como templos, silenciosos e sagrados. Mas nem sempre essa foi a minha opinião.

Ter um jardim em sua casa passa necessariamente por duas mudanças: a primeira é de pensamento, a segunda é especificamente de ação. Mudar de opinião ou de ideia não é tão fácil como se imagina, pois envolve uma ruptura de crenças. Vamos a elas.

A primeira é a crença da utilidade. Qual a utilidade de um jardim? Essa costuma ser a pergunta predileta do racional. Vamos gastar dinheiro quebrando o quintal que é cimentado. Utilizar uma terra adequada, comprar tapetes de grama, algumas mudas de planta, disponibilizar uma mangueira com água próxima ao local, enfim, muitos gastos. Para quê?

Não sou contra a razão, mas em alguns momentos de nossas vidas precisamos e precisaremos agir com a emoção. É aí que está a mudança de pensamento. Por que tudo na vida deve ter uma utilidade? Por que tudo deve ter um objetivo? Não posso realizar algo movido pela emoção, pela paixão?

PERGUNTAS SEM RESPOSTAS

O jardim é isso. Emoção. É enxergar o verde, ver o vermelho e o amarelo das frutas, sentir o cheiro de natureza, a brisa que bate no rosto e que por alguns instantes nos faz esquecer os problemas. O jardim é a transformação da razão em emoção. Do cimento duro e seco para a grama molhada e suave. É deixar-se mudar não pela necessidade, e sim pelo desafio do que é novo. O que é mais fácil? Cuidar de um quintal cimentado ou de um jardim? Sem dúvidas, o tapete cinza do cimento é bem mais fácil. Mas quem disse que só o que é fácil é bom?

A segunda crença está na ação, na prática. É no cuidado cotidiano que enxergamos a beleza do jardim. Um filho, um animal ou uma planta – todos exigem cuidados. É o amor regado a cada dia que vai fazer o seu jardim crescer, frutificar, exalar o cheiro da natureza. O esforço do dia a dia, de molhar a grama, de podar, rastelar, adubar, cuidar, tudo isso vai tomar o seu tempo, mas são esses momentos que vão lhe despertar para o irracional, ou seja, por que fazer tudo isso quando uma simples vassoura resolveria o quintal cimentado? Por nada! Não há utilidade. Não há razão. É simplesmente a natureza se mostrando bela e perfeita.

Por isso, se algum dia você se cansar de olhar para o cimento frio que envolve a sua casa, pense num jardim. Ele não precisa de muita coisa, basta carinho, atenção, emoção e muita inutilidade, porque o mundo não precisa ser útil o tempo todo.

Que os jardins possam ser a nossa resposta às mudanças que insistem em nos tocar. Que o verde tome conta do cinza e que o nosso pensamento não seja padronizado. E nossos sentimentos possam aflorar, de dentro pra fora, pois, como dizia Rubem Alves[56]: *quem não tem jardins por dentro, não planta jardins por fora e nem passeia por eles...*.

---

[56] ALVES, Rubem. *Entre a ciência e a sapiência: o dilema da educação*. São Paulo: Edições Loyola, 1999.

O QUE É MELHOR: O SER, O TER OU O ESTAR?

Por impulso responderíamos "o ser". É melhor ser uma boa pessoa sem dinheiro do que ter dinheiro e ser uma pessoa ruim. A lógica em nosso cérebro parece óbvia. Costumamos associar o ser à alma, às qualidades, enquanto o ter a algo corporal, material e aos vícios.

Mas como estamos aqui para refletir, uma nova pergunta pode nos deixar confusos. Você prefere ser uma boa pessoa ou ter uma vida boa? Se responder "as duas coisas", então o ter é tão importante quanto o ser. Se responder "o ser uma boa pessoa", estará sendo coerente quando afirmar que o ser é mais importante que o ter. Mas se responder "ter uma vida boa", indica que o ter parece predominante em sua vida.

Podemos também mudar a forma de enxergar o ser e o ter. Eu quero ter boa saúde, então o "ter" é relevante. Eu quero ser saudável, cujo "ser" é o mais importante. O que quero dizer é que não importa o verbo, se vamos usar o ser ou o ter tanto faz. Ser bonita ou ter beleza é a mesma coisa. Ser rico ou ter muito dinheiro também. Depende de quem olha, de quem fala, vive ou escolhe.

O problema do "ter" é quando se trata de algo material. Desejar ter um carro, uma casa, um celular, uma bicicleta ou qualquer outro bem não é ruim, mas quando isso ou acumular objetos se tornam os principais objetivos de sua vida, pode sim lhe trazer dor de cabeça. Afinal de contas, quando colocamos a nossa felicidade em coisas externas acabamos sendo infelizes quando elas não chegam ou quando se vão.

Outro problema do "ter", se é que podemos chamar assim, é com relação à posse. Desejamos ter, para sermos os donos. Vocês já ouviram alguém se referir ao computador da empresa como "meu computador"? É a minha mesa, a minha sala, a minha impressora, como se tudo ali na empresa fosse de algum trabalhador. Mas não é.

Nos relacionamentos o "ter" também aparece. "A minha esposa", "o meu namorado", "o meu noivo". Os pronomes possessivos meu e minha são usados com frequência para mostrar que tenho. No entanto, nada é nosso. A minha esposa não é minha, porque eu não sou o dono dela. O seu namorado não é seu, porque ele não é sua propriedade. Talvez por isso é que as pessoas sofrem tanto e cometem tantas sandices quando os relacionamentos findam. Ele não era seu. Ela não era sua. Simples assim!

Por isso, depois de entendermos um pouco sobre o "ser" e o "ter", vamos falar do "estar". Se não sou nem tenho, quero pelo menos estar. Não sou o dono da minha esposa, nem ela é minha propriedade. Ela "está" comigo. Se está, pode escolher entre ir ou ficar. Isso lhe dá a liberdade de escolha. Eu não sou o diretor daquela empresa, eu estou ocupando o cargo de diretor. Eu não tenho uma sala ou uma mesa naquela instituição, e sim ocupo temporariamente aquele espaço. Eu estou ali.

Gosto do "estar" porque é um verbo que indica impermanência ou transitoriedade. Não sou feliz e não tenho a posse da felicidade, mas estou feliz neste momento. Amanhã talvez não esteja ou quem sabe nunca mais. Por isso, desejo viver o momento presente intensamente, pois sei que hoje "estou", mas não "sou" nem "tenho".

O QUE ESTÁ NAS ENTRELINHAS?

Todo texto tem linhas e entrelinhas. Algumas pessoas apenas leem o que está nas linhas, talvez porque o tempo seja curto, e a pressa maior. Mas as que gostam de pensar e refletir leem tudo, principalmente as entrelinhas.

As entrelinhas escondem as intenções do autor. O que ele pensa ou a forma como ele costuma agir muitas vezes não é expresso de forma clara. O que fazer então para entender? Ler, pensar, pesquisar, procurar respostas.

Se um autor se intitula de direita ou de esquerda, por exemplo, sabemos exatamente o que ele pensa e qual será a sua linha de raciocínio. Não há entrelinhas! Quando não buscamos informações sobre o autor, dificilmente saberemos o que ele quis dizer ou pensou. E passamos a interpretar o seu texto, tendo um resultado positivo ou não, dependendo da visão do leitor. A isso damos o nome de percepção, ou seja, cada um tem a sua.

O que me encanta nas entrelinhas é exatamente o não expor, porque me faz pensar, refletir, entender e tentar compreender o que foi escrito. Isso estimula o pensamento, a criatividade. Posso crer que aquele texto passava uma mensagem de otimismo, enquanto outra pessoa, fazendo a mesma leitura, enxerga algo de pessimismo. Essa gama de possibilidades é gerada por meio de diversas visões que cada um pode ter olhando para o mesmo alvo, porém de forma diferente.

Cito como exemplo o tema morte. Em meus textos, sempre gosto de falar da morte, mas todas as vezes que a utilizo é pensando na vida. Num texto intitulado "A morte de cada dia"[57], o autor também retrata a morte sob a perspectiva positiva do renascer. Devemos morrer para renascer melhores. A morte quer dizer o fim de uma fase, de uma etapa da vida. A ideia é evoluir e deixar para trás os erros, os pensamentos ruins etc. E o texto mostra isso, tanto nas linhas quanto nas entrelinhas.

Nas entrelinhas o autor mostra quem ele é, em que acredita, seus sonhos e pesadelos. As entrelinhas mostram aquilo que realmente somos, o nu e o cru, por meio de uma visão real e não ideal, como a maioria possa desejar. É tentar enxergar a vida, a morte, o trabalho, o sonho, a verdade, enfim, tudo sob outra perspectiva, sob uma nova ótica.

Tudo que é subjetivo está nas entrelinhas, porque o que é objetivo sempre aparece. É como na metáfora do iceberg. O texto é a ponta dele, é o que aparece, enquanto as entrelinhas estão no fundo, escondidas, esperando alguém para lê-las e descobrir novas possibilidades.

É por isso que amo ler e escrever, porque descubro no texto o subtexto, nas linhas as entrelinhas; sonho acordado com imagens, cenários e personagens. Porque, quando digo que a beleza não existe, é porque ela existe, não para quem acha que a tem, mas para quem consegue enxergá-la ao seu modo.

---

[57] RANGEL, Alexandre. *As mais belas parábolas de todos os tempos.* São Paulo: Leitura, 2003. v. II.

O QUE É O TÉDIO?

Você acordou cedo. O dia lá fora está cinzento. Uma chuva fina caiu durante toda a noite. Você abre um pouco as persianas e vê que não há motivos para que seu dia seja bom.

Volta para a cama e descobre uma imensa preguiça tomando conta do seu corpo. A sua mente está ativa. Ela pensa coisas do tipo: "O que vai ser da minha vida daqui um ano"?; "Por que estou sozinho?"; "Quando eu morrer, para onde vou"?

Nenhuma resposta aparece. Você vira de lado e olha para a parede suja do seu quarto. É preciso pintá-la. Mas quando? E para quê? Ela vai sujar novamente. Assim é a vida. Você estuda, trabalha, vive relacionamentos, sai do trabalho, encerra os estudos, termina os relacionamentos, e o ciclo retorna. Não há nada de novo. Qual o sentido da vida?

Vem então à mente a lembrança de que o dia só está começando. É preciso levantar, tomar banho, pentear o cabelo, vestir uma roupa, tomar café, ligar o carro, e ir ao trabalho. Trabalhar para que se posso morrer daqui a pouco? É o que você se pergunta, mas também não encontra resposta.

A ilusão de que o dia vai passar rapidamente e de que tudo irá melhorar se desvanece. No trabalho você encontra pessoas tristes que fingem estar felizes e insistem em te dar um "bom-dia". Não que o dia vá ser bom ou que os seus colegas realmente te desejam isso. É tudo no automático. Nunca vamos saber se o "bom-dia" é ritualístico ou se é efetivamente desejado.

Seu chefe lhe chama na sala e te passa uma tarefa com data "para ontem". Em dias normais, você ficaria enfurecido, mas hoje é diferente. Você nada sente. Somente o desejo de sumir, desaparecer, de preferência sem dar notícias.

O dia passa arrastado e ao chegar em casa você compreende que a segunda-feira findou. Que alívio! Mas por que você está aliviado? Amanhã começa tudo de novo. A tristeza toma conta da sua alma. Por que estou triste se tenho um emprego, uma casa, uma família, um carro? Novamente sem respostas.

A noite chega mansa e você está em frente à TV, pensando se vai ligá-la ou não. Assistir a quê? Filme? Programa esportivo? Novela? Noticiário? O que esses programas vão alterar na sua vida? Possivelmente nada. Você pega um livro, folheia, mas não consegue iniciar a leitura. Fica paralisado. Olha para a janela e vê que a chuva recomeçou. Ela demora a vir, mas quando vem não quer ir embora. Você a desejou tanto, mas agora se lamenta por sua persistência.

É hora de dormir. Mas tem hora certa para dormir? Não. Mas você quer dormir para esquecer que o dia existiu. Como seria bom deitar, fechar os olhos e nunca mais acordar. Os problemas cessariam, a mente pararia de pensar coisas inúteis, a ansiedade findaria.

Você apaga a luz e no meio da escuridão olha para o teto, sem nada ver. O silêncio é a paz que toca o seu coração. Ele dispara ao pensar que amanhã tudo recomeça. Você se lembra de uma oração e a lê mentalmente. O sono chega e dissipa o tédio. Sua mente descansa e espera pelo dia seguinte. Será que o amanhã vai ser melhor? Ninguém sabe a resposta...

O QUE ESPERAR DAS ELEIÇÕES?

Uma certeza que tenho a cada período eleitoral é a de que o meu voto é mais importante que eu. Além dela, a de que as ruas estarão mais sujas e barulhentas.

Ninguém está interessado naquilo que você pensa, em ideias, projetos ou experiências que poderiam ajudar a gestão do município. Ninguém está pensando em você como cidadão, com direitos e deveres, e desejoso de ver a sua cidade melhorar, promovendo tanto desenvolvimento econômico quanto social.

A partir dessa visão, entendo que o que vale mesmo é um simples apertar de teclas. Se você apertou e confirmou, pronto! A sua voz volta a ser calada durante os próximos quatro anos. É como se você não existisse ou, sendo um pouco mais otimista, você será mais um número.

PERGUNTAS SEM RESPOSTAS

Quando você lê obras como *A utopia*[58], de Thomas More, *A cidade do Sol*[59], de Tommaso Campanela, *A política*[60], de Aristóteles, e outros tantos livros que de alguma forma apontam para um modelo perfeito de política, em que o bem-estar de todos é o objetivo a ser alcançado, você se vê desolado por saber que essas histórias pertencem somente aos livros, ao mundo ideal.

Mesmo assim sonho com o dia no qual as eleições ocorrerão sem sujeira e barulho. Nada de santinhos enfiados em caixas de correio e espalhados pelas ruas. Nada de música ou som elevado nos carros, gritando os nomes dos candidatos. Nada de promessas e palavras ditas ao vento, para tentar convencer o eleitorado a votar em fulano ou beltrano.

Sonho ainda com o dia em que vereadores receberão apenas um salário simbólico para cumprir seus papéis de legislar e fiscalizar o Executivo. E mais, que secretários municipais, diretores, coordenadores e todos os ocupantes de cargos superiores possam ser escolhidos por critérios técnicos e não políticos. Que se possa comprovar, para todos que ocupam cargos públicos como contratados, a experiência e o conhecimento em Administração Pública, por meio de exames ou análise curricular.

Que a cidade pudesse ser organizada por regiões ou bairros, onde cada um deles teria o seu representante, informando com frequência as demandas mais importantes dos seus moradores. Que a democracia representativa fosse realmente possível, através de pessoas eleitas visando este fim: representar o povo.

Gostaria que todo gasto público fosse efetivamente demonstrado de forma transparente, e que as obras mais relevantes fossem escolhidas ou definidas por aqueles que realmente vivem o dia a dia do município, sendo essas escolhas realizadas via plebiscito, audiências públicas ou qualquer outro meio pelo qual a maioria pudesse optar.

Quem sabe um dia escolhamos nossos candidatos de forma silenciosa, tendo a certeza de que qualquer das opções disponíveis

---

[58] MORE, Thomas. *A .utopia*. Tradução de Pietro Nasseti. São Paulo: Martin Claret, 2005.

[59] CAMPANELLA, Tommaso. *A cidade do Sol*. Tradução e notas de Aristides Lobo. São Paulo: Abril, 1974. (Os Pensadores)

[60] ARISTÓTELES. *A política*. São Paulo: Martin Claret, 2007.

esteja em conformidade com a ética, honestidade, competência e idoneidade, preceitos previamente definidos por toda a sociedade.

Enquanto isso não acontece ou nem mesmo tenhamos um filete de esperança de que algo nesse sentido ocorra, o que então esperar das eleições? Que elas passem o mais rápido possível, e que carreguem com elas o barulho e a sujeira que tanto nos incomoda.

POR QUE NÃO CAMINHAMOS SOZINHOS?

Desde a Pré-história somos seres que utilizam a cooperação como forma de sobrevivência. Dessa forma, cooperar não é só uma ação positiva, no sentido de ajudar o próximo, mas de ajudar a si mesmo, especialmente quando o desejo é sobreviver.

Nessa mesma esteira, é possível crer que não caminhamos sozinhos, ainda que, em muitas situações, acreditamos que isso aconteça, especialmente quando estamos numa posição de destaque, nas conquistas e nas vitórias.

Caminhar sozinho pode até ser um sonho, mas que talvez nunca seja realizado. O que isso quer dizer? Que você pode até ser independente, emocional ou financeiramente, mas ainda assim não caminhará sozinho. Somos seres dependentes e necessitamos de cooperação.

Um técnico de futebol só é considerado bom e vencedor quando consegue que a sua equipe seja unida e alcancem juntos os troféus disputados. Do mesmo modo é o gerente de uma empresa, que por meio da sua equipe atinge as metas estabelecidas. Numa família é a mesma coisa. Famílias cujos membros interagem mais e cooperam são mais felizes e conseguem, de alguma forma, resolver melhor os problemas pelos quais todas as famílias passam.

Parece que estou dizendo o óbvio, mas é. A cooperação entre funcionários, amigos, familiares, vizinhos, moradores de um mesmo bairro, ou ainda cidade, tornam as ações mais efetivas, os sonhos mais possíveis, a vida mais fácil. Quando você não sabe, o outro te ensina;

quando o outro tem dificuldades, você estende o braço; quando o desespero aparece, surge sempre uma esperança. É assim na vida.

Podemos até não concordar muito com essa visão, mas é ela que nos mostra que não existe o caminhar sozinho. Alguém diz: "Eu sou autodidata". Ótimo! Você aprendeu sozinho, mas não sem a ajuda de um livro, e esse livro foi escrito por alguém, então o mérito não pode ser só seu, ele precisa ser dividido. E talvez aí esteja o xis da questão. Muitos não querem dividir. E não falo aqui de dinheiro, e sim de amor, afeto, atenção e, como não poderia deixar de ser, cooperação.

Não nascemos sozinhos, precisamos sempre de alguém, da concepção até a morte. Não caminhamos sozinhos, alguém nos acompanha, seja família, amigos, colegas, vizinhos, Deus. Não podemos aceitar a ideia de que somos vitoriosos sem pensar naqueles que nos acompanham. Ninguém escreve um livro sozinho. Ninguém chega ao topo sozinho. Ninguém chega ao poder sozinho. Tem sempre mais gente ao nosso lado do que possamos imaginar. Aliás, tem gente que nem estava perto, ao lado, mas que de longe rezava por nós.

Nunca caminharemos sozinhos, porque somos providos de amor. E quem ama, sempre pensa no outro.

QUAL É O SEU PROBLEMA?

Todos temos problemas. Isso é algo inquestionável. A complexidade do problema está no olhar de quem vive a adversidade. Nesse raciocínio, o meu problema sempre vai ter um grau menor de resolubilidade que o do outro, ou seja, as chances de ele ser resolvido num curto período são menores.

Há pessoas que conseguem resolver bem os seus problemas, principalmente porque assumem que eles são seus. Outras nem tanto. Aquele velho costume de dizer que o problema é seu, mas que foi criado pelo outro, é bastante comum nesse tipo de pessoa. O vitimismo ou o coitadismo é prática comum para eles.

As empresas nos pagam para resolver seus problemas. Bons empregados resolvem os problemas da empresa em momentos específicos. Ótimos empregados encontram soluções duradouras ou até mesmo fazem com que o problema não aconteça mais. Excelentes empregados não deixam que os problemas aconteçam, porque usam efetivamente as ferramentas de planejamento.

Achar que somente o outro tem problema é também um problema, porque você deixa de viver a sua vida para viver a vida do outro. A máxima que a grama do vizinho é mais verde é um bom exemplo. Se a grama dele é mais verde, pode ser um sinal de que ele cuida melhor da grama, resolvendo o seu problema.

O problema maior de se resolver um problema é quando nós mesmos o criamos em nossa mente. Não receber um alto salário no mês não é um problema, quando você tem a consciência de que você não está ganhando pouco e sim gastando muito. É comum criarmos problemas para nós mesmos, como viver a nossa vida no passado ou no futuro. Não sei se o amanhã me espera, tampouco não conseguirei corrigir os erros do passado. Portanto, o que nos resta é viver o presente.

O autoconhecimento nos ensina que ao olharmos para dentro descobriremos o nosso verdadeiro eu. E se eu sei que eu não gosto de trabalhar naquela empresa ou estudar naquela faculdade, porque não me identifico nem com o trabalho nem com o curso que faço, estou arranjando um grande problema para mim. De que gosto? O que me traz alegria ou paz de espírito? O que tenho facilidade em fazer? Encontrar essas respostas nos ajudará a imaginar o caminho que deverá ser percorrido.

Problemas todos nós vamos ter, do início ao fim da vida. A questão crucial é como vamos lidar com eles. Se virarmos as costas, eles vão continuar lá e um dia nos chamarão. Se fingirmos que eles não existem, podem aumentar de tamanho e depois se tornar de difícil resolução. A saída é enfrentá-los. Primeiro entendendo que os problemas são seus ou da sua mente. Segundo, que a resolução deles é o que comumente chamamos de experiência.

SUA VIDA É UM CONTO DE FADAS?

Você nasceu numa família estruturada, que te deu condições para crescer e desenvolver-se pessoal e profissionalmente.

Sempre estudou em boas escolas e ao ingressar na faculdade pôde escolher entre uma pública e outras privadas. Montou república, teve sempre dinheiro para gastar nas festas universitárias, além de comprar livros e viajar com os colegas em passeios ou excursões para visitas técnicas.

Formou-se e o seu desejo era o de entrar no mercado de trabalho. Concorreu a algumas vagas para *trainee* em grandes empresas, podendo escolher a melhor, afinal você sempre dominava o idioma inglês, além de ter realizado intercâmbios em outros países. Fez sua escolha e começou a juntar dinheiro, comprou seu carro, mas continuou a morar com os pais. Anos depois financiou um apartamento.

Um belo dia resolveu largar tudo, porque o trabalho não lhe dava o mesmo prazer, afinal de contas você queria ter qualidade de vida. Tomou a decisão de sair do emprego. Comunicou a escolha aos seus pais, que concordaram. Matriculou-se num cursinho preparatório para concurso público. O investimento era alto, mas ia valer a pena.

Aprovado, passou a receber um salário menor que o da empresa, mas conseguia gozar férias quando quisesse, tinha estabilidade e, principalmente, hora para chegar em casa. Numa dessas férias conheceu uma moça por quem se apaixonou e anos mais tarde casou. De presente dos pais ganhou uma casa, enquanto dos sogros todos os móveis, além de uma viagem de lua de mel para um lugar bem especial.

Os filhos vieram, estudaram em boas escolas, ingressaram na faculdade, conseguiram bons empregos e a vida da família seguiu assim por muitas e muitas décadas.

Essa história parece um conto de fadas, mas não é. Ela é real e acontece com muitas pessoas, que talvez não conheçamos ou nem vamos conhecer, porque não pertencem ao nosso mundo, pois o mundo no qual vivemos é o real e não o ideal. Mas devo confessar que gostaria muito que esse mundo ideal existisse, não exclusivamente para algumas pessoas, mas para todos que não tiveram as mesmas oportunidades na vida.

RALPH NEVES

QUANDO AS PESSOAS MUDAM?

Não vamos perder tempo neste texto perguntando se as pessoas mudam ou não, porque sabemos que a resposta é "sim". Não vamos também perguntar se alguém consegue mudar o outro, porque sabemos que a resposta é "não". Então o melhor é tentarmos entender quando as pessoas mudam.

A resposta mais simples seria dizer que as pessoas mudam quando elas desejam mudar. E é verdade. Alguém pode te dizer que você está gordo e que precisa de uma dieta. Você até concorda que tem a necessidade de emagrecer, mas irá tomar alguma atitude? Não sei. O que sei é que quando isso passar a ser um incômodo, você possivelmente tomará a decisão e agirá.

As mudanças vêm e vão em nossas vidas e às vezes nem damos conta disso. Quer ver um exemplo? O sujeito sempre criticava os colegas de trabalho porque esses chegavam atrasados na empresa, sempre no turno vespertino, e o motivo era o mesmo: a tarefa de deixar os filhos pequenos na escola. Esse mesmo sujeito virou pai e, como tal, passou a ter o mesmo problema com o horário. Será que ele vai mudar sua postura quanto às críticas? A resposta é "sim".

Mudar realmente não é fácil, mas as mudanças virão sempre que as acharmos convenientes. Subordinados que criticam seus chefes geralmente mudam de opinião quando ocupam cargos superiores. Da mesma forma, chefes que muitas vezes reclamam da morosidade do empregado em realizar alguma tarefa, quando precisam fazê-la, descobrem que o feitio dela não era tão simples como parecia. É preciso, portanto, empatia, colocar-se no lugar do outro. Assim a mudança virá.

O interesse e a determinação em mudar serão sempre individuais. Cada um sabe ou acha que sabe o momento certo para a mudança. E precisamos respeitar isso. Em muitas situações, desejamos realizar a mudança na vida das pessoas e nos frustramos, porque elas não mudaram. Criamos expectativas e nos decepcionamos, mas esquecemos que o agente da mudança será sempre a própria pessoa.

As pessoas vão mudar quando sentirem o real desejo da transformação. Se analisarmos friamente, por toda a nossa vida as mudanças se deram assim. No trabalho, por exemplo, em algum momento você sentiu necessidade de receber um salário maior. Quais as alternativas? Estudar foi, certamente, uma delas, senão a principal. Ou você foi cursar uma faculdade, ou decidiu estudar para um concurso público.

Na vida pessoal também acontece ou aconteceu da mesma forma. Cansamos de uma fase e mudamos para outra. Talvez alguém tenha aconselhado a mudança, outros tenham até insistido no assunto, mas o importante é que a decisão de mudar foi sua. Pode ter sido a saída da casa dos pais, o fim de um relacionamento ou o início de outro, o casamento, ter filhos, mudar de casa, todas elas só foram possíveis pela sua ação.

Poderíamos terminar perguntando: há um momento especial para as mudanças? Eu diria que não. Mas é importante sempre ressaltar que somos nós os condutores de nossas vidas, por isso a decisão sempre será nossa. Isso é bom? Para muitos talvez não!

PRECISAMOS TER MAIS OUSADIA?

Ousadia no dicionário aparece com alguns significados: coragem, arrojo, imprudência e temeridade. Percebam que os dois primeiros se referem a virtudes e os dois últimos a defeitos.

Ser ousado, no sentido de ter coragem, faz com que nos sintamos mais fortes, destemidos e dispostos a agir. Mas agir aqui não no sentido de fazer algo por impulso, e sim de pensar, refletir, tomar a decisão, e por fim o ato. É a coragem que nos impelirá ao alcance dos objetivos, ao resultado do projeto, à consecução de algo que estava só na mente e que de repente virou realidade. É o sonho realizado.

Enquanto o medo nos paralisa, a coragem nos põe em movimento. Não é que não possamos ter medo, mas quando ele é bem maior que a coragem não saímos do lugar. A nossa inação gritará enquanto a ação se encolherá diante de alguma situação. Ser ousado é arriscar, um risco calculado, pensado, mas que precisa ser testado, realizado.

Ousado é muitas vezes o sujeito que tenta, mesmo sem ter a certeza. É aquele aluno que quando o professor faz uma pergunta, ele desconfia da resposta e levanta a mão dizendo-a. Ele pode errar, mas pelo menos tentou. O medroso ou o receoso sabe a resposta, mas não levanta a mão, com medo de errar. Sua resposta estava certa, mas ele perdeu a oportunidade de acertar, e depois se arrependeu.

O problema da ousadia está justamente no seu excesso. Quanto mais coragem, maiores também as chances de cometer um ato imprudente. É o risco de errar, de quebrar a cara, de dizer uma besteira ou fazer uma. A temeridade nos torna cegos, especialmente quando temos a certeza – aliás, certeza é uma palavra capciosa, pois confunde os sentimentos. Sabe aquela menina ou aquele rapaz na balada que não para de te olhar? Pois é, você achou que estava te paquerando, mas não era. Era alguém atrás de você. A ousadia exige equilíbrio, como qualquer outro sentimento em nossas vidas.

Alguma dica ou regra que pudéssemos seguir além do equilíbrio nas ações? Pensei no preparo, no treino, no planejamento. Quando pensamos antes de agir, costumamos tomar as melhores decisões. O preparo ou o treino é a tentativa de antever o problema e conseguir superá-lo. Imagina que você decida participar de um processo seletivo para um mestrado. Seria ousadia de sua parte? Não, desde que você realizasse um bom planejamento. Busque informações sobre o programa de mestrado que deseja, tais como: corpo docente, linhas de pesquisa disponíveis, últimos editais lançados, possíveis leituras e, talvez o mais importante, elaboração de um bom projeto.

As pessoas ousadas não são mais corajosas que as outras porque nasceram assim, com esse "dom" ou com essas características. Algumas até podem ser que sim, mas a maioria vai se desenvolvendo durante a vida, aprendendo que o segredo para as realizações passa primeiro pelo preparo, pelo esforço, pela dedicação e em seguida pela recompensa. Ser ousado, mais que ser corajoso ou imprudente, é acreditar mais nos seus sonhos e ações. É pensar que, se alguém conseguiu, você também pode.

VOCÊ CONHECE A SUA HISTÓRIA?

As estórias sempre nos encantam, porque nos levam a dimensões nunca imaginadas. Ler um livro de ficção, por exemplo, faz com que viajemos por outros mundos, que não vamos conhecer, mas que eternizam alguns sentimentos. Já a História, estudada na escola, nos leva a uma dimensão real, que hoje não existe mais, mas que ficou marcada por acontecimentos e pessoas. Estudar a história do país, por exemplo, é tentar compreendê-lo hoje, a partir de situações passadas. Mas e a sua história? Você a conhece?

Não gosto muito de falar no passado, porque acho que algumas pessoas se prendem muito a ele. Mas entender o que nele aconteceu pode nos ajudar, e muito, a decifrar mistérios e compreender por que somos e agimos de determinadas formas.

Você já se perguntou por que vai à igreja todos os domingos? Acredita mesmo em Deus? Ou frequenta a mesma igreja porque os seus pais assim o faziam e o ensinaram? Vai à missa ou ao culto por que gosta e participa efetivamente, ou é só para cumprir uma atividade de rotina? Não estou aqui como o advogado do diabo, mas penso ser importante refletirmos sobre o que fizemos não pensando em nós, mas nos outros.

Você tem muito medo de algo? Se sim, já se voltou à sua história e tentou descobrir as razões para esse medo? Foram amigos de infância que o impuseram ou foram seus pais que sempre fizeram questão de te alertar para os efeitos negativos de tudo em sua vida? Por exemplo, viajar, dirigir, conhecer novas pessoas que não fossem as de sua família etc.

Você acredita hoje que estudar não é tão importante, afinal de contas é do trabalho que vai tirar o seu sustento e o de sua família. Quem te ensinou isso? Seus colegas de trabalho? Seus vizinhos acomodados? Ou foram seus pais que, por pertencerem a outra geração, pensavam assim?

Esses três exemplos que citei mostram um pouco da nossa história, que é muito maior e abrangente que nossas crenças religiosas, nosso pensamento com relação a trabalho, educação e forma como encaramos a vida na atualidade. Mas quando chegamos à fase adulta, muitas vezes nos incomoda a forma como agimos em algumas situações, e o medo de olhar para trás pode nos tirar o prazer de conhecer algo novo, que diz respeito a nós mesmos e que talvez não tivéssemos ideia de que existia em nossa vida.

Do mesmo modo, a intenção aqui não é fazer críticas aos pais, parentes, vizinhos, colegas e amigos, que em alguns momentos de nossas vidas nos indicaram caminhos que eles acreditavam serem os melhores. O que gostaria que ficasse claro é que a viagem ao passado pode nos fazer compreender que esta viagem que fazemos agora (no presente) pode ficar mais suave e prazerosa, se a rota puder ser corrigida, trazendo-nos a satisfação do autoconhecimento.

Ainda hoje nossas ações e sentimentos parecem estar vinculados ao nosso passado, mas não nos damos conta disso, porque temos receio de olhar para trás e fazer questionamentos. Essas indagações poderão até não nos fazer mais felizes, mas certamente nos mostrarão que existe um caminho lógico que nos torna ou nos tornou do jeito que somos hoje. Se você está feliz, ótimo! Continue assim! Mas se ainda busca respostas, talvez necessite conhecer um pouco mais da sua própria história.

POR QUE SOMOS INCOERENTES?

Recorrendo ao dicionário mais uma vez, descobrimos que a incoerência é algo desprovido de lógica, desordenado, sem nexo e desarmônico. Nesse sentido, tudo aquilo que não tem coesão é porque está fragmentado, sem conexões.

Para melhor entendimento, os exemplos sempre nos salvam. Em seu discurso, alguém diz que é uma pessoa diferente das demais, que não segue padrões, mas na prática só usa roupas da moda. Estar na moda contradiz o ser diferente, concordam? Afinal, a moda impõe regras e padrões, nos quais a maioria se enquadra, exceto os diferentes.

A incoerência sempre surge no limite entre a teoria e a prática. Se você afirma que é ou que faz algo, é preciso que isso seja real, verdadeiro, tanto no falar quanto no fazer, caso contrário poderá ser tachado de incoerente ou, pior, de mentiroso.

Muitas vezes nos contradizemos sem mesmo ter a exata noção de que o fazemos. Pode ser falta de leitura, conhecimento, ou mesmo uma desconexão daquilo que achamos que somos ou pensamos distintamente da forma que agimos. Imaginemos uma pessoa que se diz ideologicamente de direita, mas que estudou em escolas públicas, prestou concursos públicos, seus filhos estudam em faculdades públicas. Podemos dizer que essa pessoa é incoerente? Talvez sim, pois quem é "direitista" defende o Estado mínimo, ou seja, a menor participação do Estado na vida das pessoas.

Do outro lado, temos alguns esquerdistas, que demonizam o capitalismo, mas não conseguem deixar de viver a maior razão de ser do capitalismo, o consumismo. Estão sempre trocando de carro, celular e de outros bens, porque o que vale, na visão delas, é o discurso e não a prática. Não há para onde fugirmos, em algum momento fomos ou seremos incoerentes e, o pior, por vezes nos achando os senhores da razão.

Acredito ser praticamente impossível sermos cem por cento coerentes, porque a harmonia necessita de um estado perfeito de sons. E os sons que muitas vezes emitimos não passam de ruídos, que incomodam os ouvidos alheios por saberem que o discurso difere totalmente da prática.

Por isso, se você gosta de fazer algo, assuma esse gosto, para que não caia na tentação de dizer "eu não gosto", para impressionar alguém, quando na realidade sua ação retrata o contrário daquilo que foi dito. Ler livros de autoajuda não é algo vergonhoso, mas as pessoas escondem isso, se tornando incoerentes. Leem os livros e depois esquecem de que anteriormente os havia criticado.

O grande segredo da coerência é você viver a sua vida, sem se importar muito com a opinião alheia. Ninguém é obrigado a saber sobre todos os assuntos e ter opinião formada sobre tudo. Não necessitamos sempre escolher um lado, seja ele o da esquerda ou da direita. Precisamos, sim, ter a compreensão de que a vida é muito curta, e que a grande harmonia presente nela é sermos exatamente quem somos.

A VIDA COMEÇA AOS 40?

Esse texto deve aguçar a curiosidade de quem passou dos trinta ou quem já está nos quarenta. Para os mais jovens, chegar nessa idade não tem tanta importância, porque quando estamos longe de um objeto não prestamos muito atenção a ele, e ele só vai ganhando forma quando vamos nos aproximando. É como a aposentadoria. Ninguém pensa nela com vinte anos de idade, mas depois dos quarenta ela vai se tornando mais real.

Mas falar de aposentadoria e dizer que a vida começa aos quarenta parece contraditório. Uma representa o fim, a outra o início. Para tentar entender, é preciso boa vontade. Se achamos que a vida tem dia e hora para começar, estamos vivendo no mundo ideal. A vida é, sim, um eterno recomeço, ainda que muitos não pensem assim. Sair do emprego, trocar de relacionamento, constituir uma família, mudar de carreira...Tudo isso requer transformação, recomeço, mudança. Portanto, a vida pode começar aos 40, 50, 60, 20, 30, depende do nosso olhar e de nossas atitudes.

A vida de um jogador de futebol termina aos quarenta, e em muitos casos bem antes disso. A vida de um empresário pode começar aos quarenta, quando ele decide que trabalhar para ele é mais interessante que trabalhar para os outros. O que realmente importa é chegar aos quarenta sabendo que não se tem mais o vigor dos vinte anos, mas a experiência e a maturidade de quem passa a enxergar a vida de outro modo.

No entanto, o pensar e o agir aos quarenta não são padronizados. Há pessoas com quarenta que agem como se tivessem vinte; outras com trinta pensam como pessoas de sessenta. Não é o tempo a razão disso, mas o que cada um viveu desde o seu nascimento.

Quando chegamos aos quarenta é possível pensar de duas formas. A primeira é de dever cumprido. Estudei, trabalhei, adquiri alguns bens e perdi outros, conheci pessoas e desconheci outras, vivi em lugares bons e ruins, enfim posso dizer que conjuguei o verbo viver, no seu sentido mais pleno. A segunda forma de pensar é pela insatisfação. Não fiz o que eu queria, porque vivi a vida dos outros, não estudei o que eu queria, não trabalhei onde desejava, não me relacionei por medo de apaixonar, não tomei atitudes, enfim deixei tudo para o futuro, e ele chegou, jogando em minha cara tudo aquilo que eu disse que ia fazer um dia.

Portanto, a grande diferença entre chegar aos quarenta acreditando que sua vida está começando ou não está exatamente naquilo que você viveu ou deixou de viver. Prefiro acreditar que a vida não começa aos quarenta, e isso não é pessimismo; mas que ela começou quando nasci e vai até o último dia da minha existência. Isso parece óbvio? Sim. Porém, algumas pessoas parecem não acreditar nisso. A vida vai existir aos 10, 20, 30, 40, 50, 60, 70, 80...A forma como você vai encará-la e desfrutá-la é que será o grande diferencial entre todos nós.

Começar a vida aos quarenta pode até ser um combustível extra para os otimistas ou para aqueles que até o momento não conseguiram viver plenamente. Mas é bom ficar alerta, porque começar, recomeçar, caminhar ou simplesmente viver não vai depender da sua idade e sim de como você pensa e age com relação a esse curto período que chamamos de vida.

QUEM SÃO SEUS INIMIGOS?

A pergunta seria mais fácil se fosse "Quem são seus amigos"? Talvez você tivesse alguma dificuldade em enumerá-los, mas certamente três, cinco ou mais surgiriam de imediato em sua mente. Mas e os inimigos?

Certa vez me fizeram uma pergunta parecida: você tem algum inimigo? De imediato respondi: "Que eu saiba não". Inimigo, na minha visão, sempre foi uma palavra pesada, com um forte significado negativo. Ter inimigos, durante muito tempo, foi para mim uma palavra fora do dicionário, pois sempre acreditei que quem tinha inimigos eram os poderosos, ricos ou políticos. Nunca me enquadrei em nenhum deles até hoje.

Com o passar do tempo você vai descobrindo que, diferentemente de inimizade, o que as pessoas podem sentir por você é inveja, cobiça, ou mesmo indiferença, que não tem, portanto, o mesmo significado de inimigo.

Se fizermos uma reflexão, quem é o amigo? O amigo é aquele que gosta de você, que te ajuda, que te dá conselhos, que se preocupa contigo. No sentido oposto, o inimigo é aquele que te atrapalha, que torce contra os seus projetos, que não te deseja o bem. Você conhece alguém assim? Eu não, felizmente.

No entanto, posso afirmar que temos alguns inimigos invisíveis. Eles não aparecem, não são de carne e osso, mas existem. Um deles, e talvez o principal, é o medo. Medo de errar, medo de fracassar, medo da opinião alheia, medo do futuro. Sem razão aparente, sentimos o medo, ainda que não possamos vê-lo, mas ele está sempre ao nosso lado, ou melhor, dentro de nós, escondido em nosso cérebro.

Outro inimigo comum é a crença. Ela, assim como o medo, tem suas ramificações: crença de que nascemos para sofrer, crença de que sempre há alguém que nos quer mal, crença de que não conquistamos nada por culpa de alguém, crença de que em outra vida tudo será melhor, crença de que esperar é melhor que agir...

Pior que saber que existe alguém que não gosta de você é descobrir que esse alguém é você. Quando olhamos para dentro de nós, encontramos um ser encolhido, do qual sentimos piedade, e que, ao oferecermos a mão, se encolhe ainda mais e recusa a ajuda. Esse ser, que é de carne e osso, que se diz forte, que se projeta poderoso, tem medo de fantasmas, de fantasias, de algo que não existe, pelo menos no mundo real.

Mas falar é fácil, difícil mesmo é enfrentar esses nossos inimigos invisíveis, que parecem tão reais em nossas vidas. Não há conselhos, receita de bolo, nem fórmula mágica que nos afastem deles. O que podemos fazer de positivo, primeiro, é reconhecê-los, tendo a compreensão de quanto mal eles nos fazem; segundo, é procurar ajuda externa, terapia, leituras, estudos, conhecimento, tudo aquilo que possa nos dar base para enfrentar o inimigo. O terceiro é agir. Esperar o ataque do inimigo pode ser fatal. Se não tomarmos as rédeas de nossas vidas, e partirmos para a ação, o inimigo ficará de tocaia, na espreita, talvez um, cinco ou dez anos, ou quem sabe até a vida toda. Como se sabe, esperar, muitas vezes, não é sinônimo de sabedoria, e sim de inércia.

PERGUNTAS SEM RESPOSTAS

POR QUE NÃO DIZEMOS "NÃO"?

Talvez a maior dificuldade do ser humano é dizer "não" a alguém. Uma palavra tão pequena, mas com um significado tão grande, principalmente quando traduz tranquilidade, paz de espírito, saúde mental e outros tantos benefícios.

Todos nós queremos um "sim", não importa que ele seja no altar, numa vaga de emprego, num pedido de aumento de salário ou num convite qualquer. Estamos sempre dispostos a ouvir um "sim", e quando é o "não" que aparece, ficamos desolados, como se o mundo tivesse conspirado contra nós.

O "sim", muitas vezes, quer dizer um "não". E isso acontece porque temos vergonha em contrariar o outro. "Não quero", "Não posso", "Não vou"; para quem ouve é ruim, mas para quem diz pode ser libertador. O convite para participar de um evento no final de semana, justamente naquele que você programou passar com a família, pode ser negado. Pode mesmo?

Sentimos um medo muito grande em desapontar os outros, principalmente se eles nos são próximos: parentes, amigos, colegas, vizinhos. Por vivermos em sociedade, pensamos da seguinte forma: "Se eu digo não, ele ou ela vai ficar com raiva e depois nunca mais vai me convidar para nada". E daí? Pessoas vêm e vão em nossas vidas, ainda que sejam importantes. Quem realmente gosta de você e te admira vai entender o seu "não", ainda que não fique satisfeito.

Outro aspecto importante em dizer "não" é que muitas pessoas colocam o dinheiro no primeiro plano. Se enxergam a oportunidade de ter uma renda extra, dizem um sonoro "sim" e depois se arrependem, porque perderam noites de sono, finais de semana trabalhando, viajando ou fazendo alguma atividade por obrigação.

O "não" deve ser dito com cautela, educação e respeito. Se decidimos passar o nosso final de semana dentro de casa, lendo um livro, assistindo a filmes, cuidando do jardim, ou simplesmente fazendo nada, os outros precisam entender que a nossa decisão deve ser respeitada, sejam quais forem os motivos que nos fizeram tomá-la.

Digo sempre que boas amizades começam com respeito – respeitar o tempo do outro. Há dias que queremos socializar, ir a um barzinho, almoçar num restaurante, confraternizar com os amigos; há dias que não queremos sair de casa, que ler um bom livro se torna tão excitante quanto ir a uma festa. Amigos de verdade entendem isso, e veem o "não" com empatia.

Alguém pode dizer que não deseja magoar o outro ao dizer um "não", mas esquece que é ele ou ela quem vai ficar magoado ou enraivecido por ter dito um "sim". Precisamos, sim, ter mais empatia ao nos relacionarmos, no entanto necessitamos muito de autoconhecimento, para discernimos o que nos fará bem em momentos distintos de nossas vidas.

Portanto, tente encarar o "não" pelos dois lados. O lado de quem o recebeu e o lado de quem ofereceu. Assim, se colocando no lugar do outros e principalmente no seu, a melhor decisão será tomada. Porque, no final das contas, o que vale mesmo é a sua saúde mental.

O QUE APRENDI COM O MARKETING?

Gostar ou não gostar de marketing, eis a questão! Estudar marketing é muito bom, principalmente porque você aprende conceitos e teorias que nunca imaginou existirem. Mais que isso, as teorias do marketing nos transportam para o nosso dia a dia, e assim conseguimos entender na prática como ele funciona, positiva e negativamente.

Tudo na vida tem dois lados. E o lado bom do marketing é que ele possibilitou a melhoria dos produtos que consumimos. Visual mais bonito, praticidade, comodidade, informações na embalagem, enfim, uma série de melhorias que nos trouxeram a oportunidade de conhecer melhor os produtos que consumimos e ter um poder de decisão maior com relação às nossas escolhas.

Do outro lado, está o que o marketing faz de ruim. Sua essência é despertar no ser humano o desejo pelo consumo. Como ele faz isso? Propagandas, promoções, cores, cupons, sorteios e outras tantas formas que nos encantam, fazendo com que compremos algo mesmo não tendo a necessidade do produto.

PERGUNTAS SEM RESPOSTAS

É dessa forma que o marketing nos traz um sentimento perigoso – a frustração. Criamos a expectativa de que aquele produto ou serviço adquirido vai preencher o vazio de nossa angústia, ou resolver todos os nossos problemas; então descobrimos que o problema não foi resolvido, que permanece dentro de nós. Ter o corpo parecido com o da atriz da Globo, o celular mais moderno e caro, ou estar na área VIP de um grande evento não nos tornará mais felizes, talvez, sim, mais endividados.

Não necessitamos trocar de carro todos os anos, nem ter cem camisas e duzentas calças no guarda-roupas para vivermos melhor ou em paz. Mas o marketing nos lembra disso todos os dias. Alguém sabe por que as promoções nas lojas e supermercados são sempre nas cores vermelho e amarelo? Uma explicação vem dos nossos antepassados. Quando ainda éramos caçadores/coletores, a fruta pronta para o consumo (madura) era vermelha ou amarela. Assim, ela despertava em nós a alegria de saber que haveria alimento para o consumo naquele dia. O nosso desejo seria realizado.

Descobrimos com o tempo que os produtos mais caros nos supermercados ficam na altura dos nossos olhos, e os mais baratos próximos ao chão, para que tenhamos dificuldade em abaixar e olhá-los. Da mesma forma caminhamos horas dentro de um shopping e percebemos que nele não há relógios, exatamente para que percamos a noção do tempo e gastemos à vontade.

No entanto, é preciso sempre pontuar que a decisão de consumir ou não vai ser sempre nossa. O marketing fará o seu papel (e muito bem-feito) de tentar nos influenciar. O que podemos fazer para tomar a melhor decisão? Duas ações que sempre recomendo em meus textos: autoconhecimento e leitura. Perguntar a você mesmo se precisa daquele produto ou serviço é essencial para a sua ação de comprá-lo ou não. Você está comprando para você ou para mostrar aos outros? No tocante à leitura, vale reforçar que conhecimento nunca é demais. Leia livros da área de marketing, busque informações em sites, artigos ou revistas especializadas. E lembre-se de que as leituras e o conhecimento lhe oportunizarão usar o marketing, e não o contrário.

DÚVIDAS OU CERTEZAS?

Você tem certeza de alguma coisa na vida?

Muitas pessoas afirmam que a única certeza que se tem é a da morte. Ela chegará inexoravelmente para todos nós. Mas será que não temos outras certezas?

Deus existe? Sua família é tudo? Amizade é a coisa mais importante? O amor é o maior dos sentimentos? Somos todos iguais? Estou feliz profissionalmente? Somos livres?

Essas perguntas, muitas sem respostas, nos incomodam em determinados momentos da vida. Talvez porque busquemos a certeza, e não a encontramos, talvez porque não estejamos procurando nos lugares adequados, talvez porque elas não existam ou nunca vão existir.

Não conseguimos ter a convicção de que Deus existe? Sim. Ele existe. Mas e quando nos acomete uma tragédia ou uma grande perda? Acreditamos Nele? Ou questionamos a sua existência? Se somos todos iguais, por que não temos as mesmas oportunidades? Alguém escolheria sofrer? Escolheríamos uma vida de pobreza, sem oportunidades, sem desejos?

E são justamente eles, os desejos, que nos movem, mas que também nos paralisam. Porque nunca vamos satisfazer todos os nossos desejos. Eles nos serão infinitos. Tudo bem, são eles que nos farão caminhar, no entanto são eles que nos farão parar e perguntar: onde eu quero chegar? O que eu preciso para ter uma vida boa?

Sem dúvidas, a resposta está no caminhar, no dia a dia, na vida presente, nas atitudes ou na falta delas com relação a tudo. Quero um melhor emprego, um melhor salário, para ter o que eu desejo, mas e depois? O que vou querer mais? Conseguiremos ter a certeza de qual será o limite dos desejos?

Disseram-me certa vez que a "família é tudo". Eu acreditei. E depois de um tempo descobri que não era. Tive a crença de que todos devem se ajudar, especialmente dentro da família. Não é bem assim. Desacreditei no que eu acreditava e passei a ver que a família é importante, não porque deveria ser, mas porque poderia ser. A família é o suporte que todos precisamos, mas que nem todos têm.

PERGUNTAS SEM RESPOSTAS

Deixei as crenças de lado e mudei de opinião. Família é, sim, uma instituição valiosa, mas nem sempre estaremos em uma que vale a pena. Não tenho certeza! Talvez a dúvida é que me faça caminhar, tomar atitudes...

Admiro quem tem certeza de tudo, porque quando "quebra a cara" muda de opinião, e segue vivendo. Isso já aconteceu comigo, quando eu tinha algumas certezas. Hoje, porém, não tenho mais tantas certezas, talvez algumas poucas, que vão durar até o momento da decepção.

Alguma dica no final? Viver a dúvida ou viver a certeza? Prefiro a dúvida, pois é no caminhar que ela vai se desfazendo. A certeza pode ser boa, até se encontrar com as contingências. A dúvida nos leva à busca, às respostas, nos tira do comodismo. A certeza nos frustra, porque nem sempre vamos estar preparados para a verdade. Qual a sua escolha?

FORMEI. E AGORA?

Colar grau. Formar-se. Finalizar o curso superior. Três frases importantes que definem o fim de um ciclo. Tudo é festa e muita alegria. Mas e depois?

Bem, depois é um pouco diferente. Realizar o curso superior durante quatro ou cinco anos não é uma tarefa fácil, especialmente quando o acadêmico leva o curso a sério, estuda, pesquisa, participa de atividades extraclasse, se envolve em projetos e se dedica prioritariamente à faculdade.

Não foi o meu caso, e de tantas outras pessoas que, por motivos diversos, não se dedicaram mais ao período de formação superior. Mas isso tem importância? Até certo ponto, sim. E a palavra-chave é "socialização". Quando você se dedica a algo, costuma ser bom naquilo, torna-se referência, conhece pessoas, ajuda outras, é procurado, indicado, elogiado e, sabendo enxergar oportunidades, consegue pavimentar o seu caminho pós-faculdade.

Pois bem, chegamos ao ponto básico que queria abordar. Estar na faculdade, independentemente da modalidade, se educação à distância ou presencial, não vai fazer do acadêmico um potencial profissional com excelência. Só se dedicar aos estudos também não, a não ser que o seu foco seja a aprovação num concurso público. Mais que estudar, é preciso relacionar.

Festas, encontros, passeios, gincanas, visitas técnicas, futebol no final de semana, grupos de estudo, tudo isso acaba desembocando num único lugar – relacionamentos. Rede de contatos, networking, grupos, equipes, não importa muito o nome, a diferença de quem quer se dar bem profissionalmente, mormente após o ciclo acadêmico, é conhecer e gostar de pessoas.

É óbvio que, durante os anos em sala de aula, muitos de nós não nos preocupamos com o futuro, pois ele parece bem distante. Além disso, é preciso viver uma fase de cada vez ou, como dizia o procrastinador: "Depois que eu me formar, penso no que vou fazer". E é aí que mora o perigo.

O primeiro sintoma sentido no pós-formatura é o medo. Porque muitas vezes você se forma, mas não está preparado para isso. Perguntas do tipo: o que eu sei? O que eu aprendi? Por onde começar? Todas elas soam como um alerta, e a principal delas: e agora?

Quando só se estuda, compromissos podem ser adiados, uma aula pode ser cabulada, nada de muito grave acontecerá. Quando se trabalha, as coisas mudam. Faltar o trabalho pode ocasionar demissão. O descompromisso pode gerar conflitos. Muitos não estão preparados para os desafios, para o novo ciclo, um ciclo que exigirá maiores responsabilidades, afinal de contas deixamos de ser estudantes para nos tornarmos trabalhadores.

No entanto, não há fórmulas ou receita de bolo para se ter sucesso profissionalmente após um longo período de estudos. O que fazer então? A dica vem de Yuval Harari, autor do famoso livro *Sapiens: uma breve história da humanidade*[61]. A chave para o sucesso da humanidade foi – e continua sendo – a cooperação entre as pessoas. E ser cooperativo é importante não só durante o período acadêmico, mas por toda a vida.

---

[61] HARARI, Yuval Noah. *Sapiens*: uma breve história da humanidade. São Paulo: Companhia das Letras, 2015.

PERGUNTAS SEM RESPOSTAS

O QUE ESPERAR DO NATAL?

Se eu fosse cem por cento pessimista responderia "nada". Não espere que o seu Natal seja diferente dos demais, porque não será. Mas como ainda tenho um pouco de otimismo, acredito que o Natal será bom, ainda que repleto de egoísmos.

Sabe aquela prima que há exatamente um ano você não vê? Pois é, você a verá novamente no Natal. Passou um ano e você não ligou para ela, nem ela pra você. Sabe por quê? Porque não há amizade. E aquele primo que mal te cumprimenta quando te encontra na rua? Pois é, ele também estará na ceia natalina.

Além desses dois personagens, tem o tio que bebe muito, o primo que usa drogas ou está desempregado, a tia que reclama de tudo, da comida, dos doces e principalmente da vida, enfim, como diz Simone em sua música chatíssima: "Então é Natal".

Alguém vai dizer que sou chato, que o Natal é muito bom! Sim, algumas pessoas curtem a data, se reúnem, se gostam, mas elas não fazem isso só no Natal, e sim durante o ano. O Natal não deveria ser uma data importante, a não ser que você fosse criança e acreditasse em Papai Noel.

Na minha infância ficávamos excitados pela chegada da data, principalmente pelos presentes, é lógico. Com o tempo você vai lembrando e percebendo que os primos mais ricos recebiam presentes melhores que os mais pobres. Que há tios e tias, irmãos, primos e primas que não se suportam, mas, imbuídos do Espírito Natalino, acabam se tolerando, apenas por uma noite.

Com o tempo você também descobre que o bom velhinho que você tanto espera e elogia é o seu pai ou sua mãe, que se sacrificam o ano inteiro por você, e não recebem um elogio sequer. Descobre também que Papai Noel deveria se chamar "Homem Coca-Cola", porque até as cores da sua roupa lembram a marca da empresa mundialmente famosa. Descobre que o marketing é que realmente entra pelas chaminés, televisões, olhos, ouvidos e mentes. Descobre, por fim, que o Natal é uma data inventada para que possamos gastar o nosso 13º salário.

Há na vida, sim, final de ciclos, o fim de um ano pode representar muitas coisas – boas e ruins. Você pode refletir, rezar, olhar para trás, agradecer, fazer contas, colocar tudo na balança e, em seguida, planejar o próximo ano, outros planos, projetos e ações. Ótimo! Mas você não precisa fazer disso um evento, regado a comida e bebida, e dizer que o fez em nome do Menino Jesus. Não é justo!

Por isso, desejo neste Natal, e nos próximos, que não ganhemos muitos presentes, porque eles podem não significar amor e sim obrigação; que não nos reunamos ou confraternizemos por tradição, e sim por fruição; que gostemos de estar juntos das pessoas, não porque são familiares e sim pelo prazer da presença delas; que não sejamos hipócritas em acreditar num espírito natalino ou coisa do tipo, porque o ano tem 365 dias e não somente uma data.

Que tenhamos um Natal como o das crianças, de esperanças, de pureza, de encontro e brincadeiras; que possamos ter mais empatia, sermos mais verdadeiros, e acreditarmos que o Natal é uma data comum, como outra qualquer, e que, na realidade, quem deve ser e agir diferente somos nós, e não somente no final do ano, mas durante todo ele.

E QUANDO O SONHO NÃO FOI REALIZADO?

Ouvimos desde muito cedo que os sonhos podem ser realizados. Eu disse "podem", e não "devem".

Nem sempre vamos conseguir realizar os nossos sonhos. Mas nem por isso precisamos nos tornar pessoas infelizes. Conheço muita gente que carrega consigo grandes mágoas ou um rancor tão grande que o fardo se torna cada vez mais pesado na medida em que os anos passam.

Se servir de consolo, já tive diversos sonhos abandonados, e nem assim me tornei alguém pior ou com sentimentos ruins. Sonhos vêm e vão, e alguns deles não são mesmos realizáveis, mas só descobrimos isso com o tempo, quando a maturidade chega.

Desejar morar numa mansão, ter um carro importado, ser bem-sucedido na profissão, ser famoso, ganhar muito dinheiro, viajar por todo o mundo, enfim, cada um tem o seu sonho e é preciso respeitar isso. No entanto, os sonhos também mudam, de acordo com cada fase da vida.

Os sonhos são como as filas de um supermercado ou banco. À medida que você foi atendido, vai embora e já pensa no próximo compromisso. O problema é que muitas vezes as pessoas são impacientes e não estão dispostas a enfrentar a fila. Desistem, saem da fila e dão o seu lugar a outras pessoas.

Assim como nós, os sonhos também mudam. E o importante é que tenhamos essa consciência. O tempo passa e com ele um ou outro sonho se vai. Admiro as pessoas que têm certeza do que querem e lutam por isso. Eu, particularmente, não sou assim. Mudei de opinião diversas vezes, assim como de sonhos. Vou caminhando na dúvida e vez ou outra encontro o que eu queria, e assim me realizo.

Há quem diga que se você não se esforçou por um sonho é porque não era realmente um sonho, apenas um desejo fugaz. Mas se você tem certeza do que quer, vale a pena lutar, porque se acostumar com as vitórias é sempre melhor que com as derrotas.

Não quero aqui desanimar ninguém quanto ao alcance ou não dos sonhos; pelo contrário, o que desejo é mostrar aos leitores que viver frustrado por algo não realizado só vai te tornar uma pessoa pior, amargurada. É preciso desamarrar os nós que nos ligam a um passado que não existiu, e ficar ruminando ideias que não saíram do papel ou sonhos que não foram realizados só nos fará sofrer.

É por isso que sonhos, se são verdadeiros, precisam sair da mente e ir para o papel, para a ação. Um sonho começa com uma ideia, que depois vira projeto, que necessita de pequenos planos e ações, que só se torna realidade quando você se dedica e acredita que ele é importante para você.

Gosto da frase atribuída a Buda, "toda caminhada começa com um simples passo[62]". Que possamos então iniciar a nossa caminhada na realização de nossos sonhos.

---

[62] BUDA. Disponível em: https://citacoes.in/autores/buda/. Acesso em: 5 set.2023.

O QUE ESPERAR DO ANO NOVO?

Todo ano é a mesma coisa. Chega-se ao seu final e espera-se que o próximo seja diferente, repleto de boas notícias. Mas nem sempre isso acontece. Por que será?

"Quem espera sempre alcança", já diz o ditado enganoso. E talvez porque ficamos sempre esperando é que nada acontece. Não sou um grande adepto da paciência, mas nem por isso costumo agir por impulso. O problema é que tem muita gente que espera demais, ou espera que o outro faça, e muitas vezes nada de novo acontece.

O final do ano é a data do balanço. Colocar os prós e os contras numa balança faz parte de nossa cultura. Podemos chegar ao último dia do ano e dizer: "Realizei a maioria das coisas que planejei". Ou posso também reclamar: "Este ano não foi bom, porque não tive sorte".

Se desconsiderarmos o ano 2020, por causa da pandemia, o que fizemos de positivo ou de diferente em outros anos? Talvez nada. Talvez também porque ficamos esperando de braços cruzados uma novidade, um lance de sorte. E aí chegamos ao final do ano mais uma vez "esperando" que algo de bom aconteça no próximo.

Todo ano novo parece uma segunda-feira, mas não porque seja um dia de trabalho ou de preguiça, e sim porque toda segunda-feira iniciamos novos projetos, ou pelo menos dizemos que vamos iniciá-los. Conheço muita gente que deixa para começar um novo projeto na segunda, porque na quarta já é meio de semana. Assim também pessoas deixam seus sonhos e projetos para o ano seguinte, afinal agosto, setembro ou outubro já não há mais tempo para realizações.

E assim vamos vivendo e fingindo que a sorte não está ao nosso lado, que alguém tomou a nossa vaga no concurso, que o tempo foi escasso, que uma semana doente nos fez desistir, ou que fomos obrigados a adiar os planos.

Em 2021 tudo vai ser diferente. O emprego esperado. O relacionamento perfeito. O casamento. A viagem dos sonhos. O ingresso na faculdade. O mestrado. E assim vamos acreditando que a nossa felicidade está num futuro próximo, e não enxergamos que a cada passo que não damos o objetivo dá um passo à frente se afastando de nós. Nesse ritmo, nunca o alcançaremos, porque estamos constantemente esperando...

É lógico que as pessoas são diferentes, e precisamos respeitar o ritmo de cada um. Só que o tempo é cruel, ele não espera! Ele caminha a passos largos, corre e até voa, principalmente quando deixamos a vida nos levar.

Portanto, não esperemos que o ano seja novo, mas que nós sejamos a inovação. Que 2021 seja um ano diferente, não porque a pandemia poderá acabar, mas sim porque vamos parar de esperar pelo que o outro vai fazer, ou quem sabe esperar a chuva parar, o sol sair ou um evento externo acontecer.

Vou fazer uma previsão para 2021! O ano novo vai ser bom, especialmente para aqueles que irão à luta e sabem que nada de novo acontecerá se nada de novo fizerem.

ONDE ESTÁ O SUCESSO?

Sucesso. Palavra que significa muito para a grande maioria. O alvo é o sucesso. A meta é o sucesso. O objetivo é o sucesso. Mas por que nos preocupamos tanto assim com o sucesso?

Sucesso tem a ver com passado. Se você conseguiu se formar, ter uma casa, comprar um carro, se o seu empreendimento lhe rendeu altos lucros, se você conseguiu o cargo de gerente na empresa, se escreveu um livro... Você é um homem ou uma mulher de sucesso. Pelo menos parece que é nisso que a nossa sociedade acredita.

Vejamos o sucesso então por outro lado. Você se formou colando em todas as disciplinas; sua casa foi adquirida de forma ilícita; seu carro tem apenas uma prestação quitada das tantas que o banco financiou; sua empresa teve lucros, pois você sonegou impostos; você só é gerente porque enganou os seus colegas de trabalho; e seu livro é uma ideia roubada de um colega. Pergunto: onde está o sucesso?

A ideia que temos de sucesso é enganosa. Ele devia partir de dentro para fora e não o contrário. Sucesso é pessoal e não coletivo. Não preciso fazer algo para que os outros vejam, devo fazê-lo porque gosto, porque me traz prazer. Se alguém gostar do meu livro, ótimo! Não escrevi querendo agradar a alguém ou a todos. A ideia é não buscar o sucesso, mas deixar que ele venha por si, sem imposições. E se veio, bom; e se não veio, bom também.

As pessoas sofrem querendo o sucesso. Se não tenho mais de mil seguidores, sou um fracasso. Se a minha postagem não deu pelo menos duzentas curtidas, é porque eu falhei em algo. Se eu vendi apenas dez livros, a culpa é minha. Se não fui promovida na empresa, é porque há gente bem melhor que eu na frente.

De fracasso em fracasso pavimentamos o nosso caminho para o sucesso. Mas não que o sucesso seja o objetivo. Ele é apenas o caminhar diário, pequenas ações que vão fomentando algo maior, que poderá ou não se tornar sucesso. O sucesso deve ser pessoal, porque ele vem de dentro, sem preocupações, sem neuras, sem esperas.

Ter um casamento feliz é sucesso, não porque a sociedade acredita nisso, mas porque você quer, porque ter alguém com quem dividir tudo te traz paz de espírito. Ver os filhos crescerem e se desenvolverem é sucesso, ainda que eles não estudem nas melhores escolas, que tenham os melhores brinquedos, mas poder acompanhá-los de perto é ter sucesso. Ser saudável é ter sucesso. Amar alguém e ser amado é sinônimo de sucesso, ainda que você não esteja postando isso nas redes sociais todos os dias. Não é para os outros, é para você. Isso é sucesso!

Se você chegou ao final deste texto discordando de tudo o que foi escrito, não tem problema. Só te peço que reflita sobre os sentimentos que carrega dentro de si. Felicidade e sucesso, por exemplo, não estão na sociedade, e sim dentro de cada um. Portanto, se desejas ser feliz ou queres o sucesso, saberás onde encontrar as respostas.

POR QUE NÃO VIVEMOS A NOSSA VIDA?

Antes de mais nada lembro que este texto, assim como todos os outros, é uma reflexão. Portanto, não há verdades ou mentiras, só pensamentos, ideias e um pouco de provocação.

De imediato alguém diria: "Mas eu vivo a minha vida". Será? Algumas perguntas nos farão refletir se a afirmativa é verdadeira ou se cabe algumas reflexões.

PERGUNTAS SEM RESPOSTAS

Primeira pergunta. Para que tiramos fotos em todos os lugares que vamos? Alguns dirão que é para guardar de recordação, mas a maioria, talvez de forma inconsciente, sabe que as fotos são para serem mostradas aos outros. Se estou num bar e a cerveja chegou gelada, tiro uma foto dela e coloco em minhas redes sociais. Qual o objetivo? Mostrar aos outros que eu estou tomando uma cerveja gelada, que estou num belo ambiente, que estou feliz e que nem todos podem participar presencialmente desse momento.

Há pessoas que não curtem o momento do pôr do sol, uma viagem especial, uma paisagem bonita, um lugar diferente. Elas precisam antes de curtir tirar uma foto, para mostrar a alguém o quão estão felizes naquele momento. Será que realmente estão? Curtir o momento ou postar para que os outros curtam?

Segunda pergunta. Por que queremos sempre estar na moda? Porque necessitamos fazer parte. Talvez essa seja a resposta mais sincera. Fazer parte é estar inserido ou inserida. É não estar de fora, não estar à margem. Precisamos ser iguais àqueles que julgamos ser tão bons ou melhores que nós. Precisamos ser diferentes daqueles que julgamos ser inferiores a nós. Por isso, fazemos parte de um grupo que segue a moda, que usa o tênis de marca famosa, que compra uma roupa nova ou especial para o Réveillon, que possui uma área gourmet em sua casa, que troca de celular quando o seu grupo de referência também já trocou.

Vivemos a vida do outro quando não fazemos escolhas por nós, mas por eles, por pessoas que julgamos mais importantes, ainda que não assumamos isso. O que somos, o que temos, o que queremos, tudo é em função do outro. Como viveríamos se não pudéssemos mostrar ao vizinho a casa que temos, o nosso jardim, a nossa piscina? Como viveríamos se as pessoas que conhecemos não pudessem ver que estamos felizes comendo uma feijoada num sábado de sol? Ou uma moqueca de peixe com camarão no domingo? Ou um churrasco no feriado?

Ainda que sejamos independentes, e disso nos orgulhamos sempre, nunca seremos. Dependemos do elogio alheio, da curtida, das palminhas nas redes sociais, da aprovação, do aplauso do outro. Artistas sobem ao palco e esperam ser ovacionados. Nós também agimos assim no dia a dia. Qual cantor ou cantora não quer sentir o aplauso do público? Desejamos o reconhecimento, seja pelo nosso trabalho, pela nossa condição econômica, ou pela nossa felicidade, ainda que ela não seja tão real quanto pareça.

Deveríamos viver a nossa vida em silêncio, mas não conseguimos, temos que contar ao outro, especialmente as coisas boas que nos acontecem, porque as ruins preferimos esquecê-las ou escondê-las. Sempre viveremos a vida do outro e o outro a nossa, porque somos parte do rebanho e por mais que reclamemos, gostamos de viver assim. Felizes são, portanto, aqueles que conseguem se desprender dessa teia, porque eles realmente podem se dizer livres, e quando os encontramos olhamos para eles de forma diferente, e lhes chamamos de loucos.

POR QUE O SILÊNCIO É IMPORTANTE?

De repente todo mundo começa a falar. Todos ao mesmo tempo. Quem escutar? Quem ignorar? Não sei ao certo, por isso prefiro o silêncio.

Quando alguém diz algo sobre algum assunto não está buscando uma explicação, e sim expondo sua opinião. Quem fala está querendo mostrar que está certo, tendo ou não bons argumentos. Quem escuta está tentando aprender algo, mas muitas vezes não consegue, porque cada um fala a sua verdade, mesmo sendo inverdade.

Acreditamos nos jornais, nas revistas, na televisão, no rádio, nas pessoas, porque eles e elas estão sempre falando algo, dando a sua opinião, rasa ou profunda, de tudo na vida. Escutamos atentos, outras vezes não. Mas quem fala nunca para, nunca sente sede, fala tanto que até esquece o que estava falando.

Dizem que quando estamos em silêncio é porque estamos conversando com a nossa alma ou nosso coração. Mas se você disser isso a alguém, logo essa pessoa vai tentar te convencer falando que a alma não existe, ou que ela existe e que só o corpo morre, ou que seu coração é do tamanho da sua mão fechada, ou que a atividade física faz bem ao coração.

É por isso que prefiro o silêncio. Porque quando você fala alguma coisa alguém logo vem despejando em você tudo o que sabe, ou acha que sabe. Se você fala sobre futebol, vem dizer para qual time torce; se você fala sobre educação, vai dizer que conhece alguém que é rico sem ter estudado; se você fala sobre amor, vai dizer que não acredita ou que ama muito alguém.

Gosto menos dos números que das palavras. Os números estão preocupados em mostrar resultados, já as palavras querem nos convencer de algo, por isso vou sempre escolher o silêncio. Quando estamos quietos, recolhidos com o nosso eu, nos tornamos silenciosos para ouvir o que passa ao nosso redor. Só conseguimos pensar em silêncio, e a reflexão só vai acontecer se ele (o silêncio) estiver presente.

No mercado e na vida todo mundo quer vender algo. Uns querem vender o seu produto, outros querem vender a sua verdade. E como sabemos que a verdade não existe, então o que querem nos vender são as suas crenças.

Quando aprendermos a viver em silêncio, as nossas conquistas serão maiores e melhores, assim como os nossos relacionamentos. Silenciar também indica escutar o outro, quando o outro tem algo importante a dizer.

Ao nos silenciarmos, talvez não escutemos a voz do nosso coração ou da nossa alma, mas certamente compreenderemos que toda conquista, apesar de ser reconhecida externamente, só pode ser alcançada no silêncio que habita dentro de nós.

O QUE O SEU ESPELHO TEM REFLETIDO?

Os espelhos só mostram a realidade, nada mais que isso.

Criamos a ilusão de que, ao nos colocarmos em frente a ele, veremos outra pessoa. Tem gente que até vê mesmo, mas não é real. É produto de uma mente que vive no futuro, esperando que tudo seja transformado no presente, sem nenhuma ação que promova isso.

Quando um homem de 40 anos se olha no espelho, ele possivelmente enxerga fios brancos na cabeça ou na barba. Percebe que o tempo passou e gosta do que vê. Lembra das viagens, dos amores (correspondidos ou não), dos estudos, dos trabalhos, das loucuras, das responsabilidades, de tudo que viveu até ali.

Esse mesmo homem de 40 anos pode também se olhar no espelho e não enxergar nada além de uma imagem irreal. Cabelos pretos, pele lisa, rosto sem marcas, barba feita. Ele volta no tempo e lembra do que não fez. As viagens só planejadas, a mudança de trabalho que não aconteceu, a moça que não foi conquistada, a faculdade que não terminou e a vida que se foi.

Os espelhos sempre nos mostrarão quem somos no momento real. Eles não mentem, não escondem, não disfarçam, não camuflam. Só refletem aquilo que somos. Verdade nua e crua. A diferença de um espelho para o outro é o seu tamanho. Quanto maior, mais nos vemos por inteiro; quanto menor, menos conseguimos ver quem somos de verdade.

Algumas pessoas preferem não ter espelhos em casa. Fogem da realidade que as assombra. Veem algo disforme, que não combina com o pensar e o agir, acreditando que o que estão vendo não é real, e por isso não se preocupam em parar, em silenciar, e enxergar de verdade (se é que a verdade existe) o que estão vendo.

O tempo é fugaz, e muitas vezes não o temos, para ficarmos olhando no espelho aquela pessoa tão boa e inteligente que achamos que somos. Sim, nos achamos perfeitos pelo simples fato de existirmos, mas nos esquecemos do porquê de estarmos aqui, e por isso sofremos, porque não conseguimos dar sentido à nossa vida.

O espelho, assim como o tempo, nos traz o lume daquilo que somos e não do que achamos que somos, ou do que dizemos que vamos ser. Ele é real, não ideal. O tempo que não podemos enxergar, diferentemente do espelho que está à nossa frente e que estamos vendo, está passando, inexoravelmente, nos mostrando que o que estamos vendo foi ele quem trouxe, ainda que não quiséssemos. Porque o tempo é cruel, ele passa, vai embora, deixa conosco o que nossa imaginação produziu, mas que nunca existiu.

Se queremos ter uma boa visão no espelho, não será pensando, sonhando ou imaginando, que vamos alcançar o nosso objetivo. Se queremos ver a beleza (se é que ela existe) refletida no espelho, não vai ser cobrando do tempo um tempo a mais ou que ele volte; vai ser fazendo, amando, agindo e vivendo.

POR QUE VIVEMOS TÃO ESTRESSADOS?

Os motivos para vivermos estressados são os mais variados. Isso vai depender de como cada um leva sua vida. Além disso, é preciso entender que o estresse pode ser gerado por causas internas ou externas.

Um exemplo bom de causa externa é o trabalho. Se o seu chefe lhe cobra todos os meses o alcance das metas ou coloca prazos para entrega de algumas atividades, como relatórios, planilhas e gráficos, você pode se estressar com as datas, a pressão e o nível de dificuldade da atividade. Não há como você fugir disso, ou tenta organizar melhor o seu tempo, para evitar a ansiedade, ou muda de emprego.

No que diz respeito às causas internas, elas são da mesma forma importantes, porém, como estão dentro de nós, dependem muito mais de nós que do outro. Nesse caso, o chefe é você, portanto terá que mudar algumas atitudes. Um bom exemplo é o trânsito. Conheço gente que se estressa quando vê um carro estacionado em local proibido. "É um absurdo", diz logo a pessoa quando presencia a cena. Pergunto: o carro é seu? A pessoa é sua conhecida? Por que isso tanto te incomoda?

Não estou aqui defendendo o ato ilícito, mas se formos nos preocupar ou nos estressar com cada atitude que o indivíduo toma com relação a qualquer área ou assunto, não viveremos muito tempo com saúde. A falta de educação, de ética ou até mesmo de bom senso é algo condenável, mas não temos como mudar o outro, somente a nós mesmos. Por isso, que possamos nos estressar menos com os outros e que os nossos bons exemplos sejam vistos e seguidos.

Nesse sentido, julgamos os outros a todo momento, como se realmente fôssemos juízes de uma verdade absoluta, e que somente nós é que pensamos e agimos de forma correta. É preciso entender que o erro pode ser encarado como um fato comum, às vezes por negligência, outras por desconhecimento das regras, e ainda, o que é condenável, por má-fé.

No entanto, a minha e a sua ira diante de uma infração não vão mudar o rumo da história. Para tanto, existem as instituições e suas autoridades que visam, de forma mais ampla e efetiva, estabelecer as normas e definições do que é certo ou errado.

Sendo assim, só posso mudar a mim mesmo e o meu olhar sobre todas as coisas. "Se a dor é inevitável, mas o sofrimento é opcional", vou escolher sofrer menos, e assim viver menos preocupado, menos estressado. E quanto aos outros? Bem, que eles também possam aprender, também por meio dos erros, e melhorar suas condutas. É o que nos cabe como esperança.

Que possamos assumir as rédeas de nossas mentes a fim de que os nossos atos sejam benéficos à sociedade, e que as ações danosas dos outros nos incomodem menos, não por covardia ou omissão nossa, mas por preservarmos o nosso maior bem: a saúde.

TER OU NÃO TER VAIDADE?

Na bíblia, no livro Eclesiastes, especificamente no capítulo 1, versículo 2, diz-se que: "Tudo é vaidade"[63]. Mas ter vaidade é bom ou ruim?

Para os religiosos, a vaidade é ruim, porque de alguma forma ela se torna inútil. Afinal, de que adianta a vaidade se um dia vamos morrer? Do mesmo modo, além de inútil, alguns afirmam que ela é passageira, pois só vai durar enquanto permanecermos vivos.

Já o dicionário diz que a vaidade é a "qualidade do que é vão, vazio, firmado sobre aparência ilusória"[64]. Se parássemos o texto aqui, teríamos a certeza de que a vaidade é algo ruim, pois ela engana, ilude, nos faz crer em algo que não existe ou naquilo que não somos.

Um advogado se veste bem, com terno e gravata, recebe os clientes em seu escritório, desloca-se ao fórum da cidade para participar de audiências. Ele é desprovido de vaidades? Você, leitor, como cliente, contrataria um advogado que o atendesse de bermuda, camiseta e tênis? Certamente não.

Nos vestimos de forma mais elegante, se assim posso dizer, também para nos sentirmos bem conosco, ou também para cumprir uma etiqueta que não é nossa e sim da sociedade. Se vou a um

---

[63] BÍBLIA. Bíblia Sagrada: nova tradução na linguagem de hoje. São Paulo: Paulinas, 2005.

[64] VAIDADE. Disponível em: https://www.dicio.com.br/vaidade/. Acesso em: 6 set. 2023.

baile, no convite já diz o traje. Não estou indo para me iludir ou enganar alguém.

A vaidade é boa quando eleva nossa autoestima. Não é que vamos nos achar melhores que os outros, mas talvez melhores que nós mesmos, no sentido de evolução. Se hoje tenho um terno e posso usá-lo em ocasiões especiais, talvez num passado próximo não o tivesse por que meu salário não me permitia tê-lo. Evoluí profissionalmente!

Reparem que, ao usarmos a palavra ou o verbo "ter", acreditamos que algo é ruim, porque aprendemos em sociedade que é "melhor ser do que ter", porque quem tem é racional, só pensa em dinheiro ou não é boa pessoa. Quem é (no sentido de ser), geralmente carrega consigo qualidades diferenciadas que nem todos conseguem ou podem "ter".

Por isso defendo que ter vaidade é bom, dentro dos limites do equilíbrio. Vestir-se com vaidade é bom, desde que isso lhe faça bem interiormente. Ter vaidade para mostrar ao outro não pode ser bom, porque desperta a inveja, a cobiça e outros tantos sentimentos ruins.

Para quem sempre diz que ser é melhor que ter, é preciso cuidado. Eu prefiro "ter" vaidade, porque a tenho na medida certa, de forma equilibrada, a "ser" vaidoso, pois o ser é algo permanente. Dizer-me vaidoso significa que estou "cheio de vaidade", ou seja, estou quase completo, lotado de vaidade.

Portanto, a vaidade não é algo ruim, mas ela precisa ser controlada. Já o vaidoso ou a vaidosa necessita voltar o seu olhar para dentro e esvaziar-se, não só da vaidade, mas também de algumas crenças.

QUANDO MENOS É MAIS?

Vivemos insatisfeitos! E ao ligarmos a TV ou navegarmos pela internet temos cada vez mais a certeza de que essa frase é verdadeira. Por que isso acontece?

Nesse mundo de mudanças, dizer que "mudar é preciso" é também cada vez mais óbvio. Mas que tipo de mudança queremos? Para alguns a mudança de emprego. Para quê? Para ganhar mais. A outros interessa a mudança de casa. Para quê? Para ter mais espaço. A maioria quer mudar de vida. Para quê? Para ter mais dinheiro, mais bens, mais amigos, mais lazer, mais, mais, mais...

Quanto mais desejamos é porque mais nos falta. Na lógica capitalista, acumular é preciso! Precisamos ter mais, cada vez mais, para que sejamos também mais: mais felizes, mais satisfeitos, mais confiantes, mais ricos. No pensamento de Sócrates, vamos sempre querer mais, porque desejaremos sempre aquilo que nos falta e, lógico, algo sempre irá nos faltar.

Ter uma casa maior fará com que tenhamos mais espaço: para uma área gourmet, uma garagem maior, uma piscina, uma sauna, para receber os amigos. A manutenção da casa certamente seguirá o mesmo ritmo: concertina nos muros, câmeras ao redor, limpeza da piscina, faxineiras, jardineiro e tudo aquilo que for necessário para manter a casa.

Desejamos trocar todos os móveis, porque móveis velhos não combinam com uma casa nova. E os desejos vão se multiplicando. E com eles as preocupações. O medo de ser assaltado, de realizar uma viagem mais longa, de sair de casa, de receber desconhecidos, de achar que todos o invejam porque sua casa é a mais bonita da rua.

Quando não temos tantos desejos, ou melhor, quando conseguimos dominá-los, menos vai ser mais. Mas como explicar que não satisfazendo nossos desejos conseguiremos mais coisas? Porque quanto menos temos, maior a nossa possibilidade de viver uma vida mais tranquila, sem preocupações ou medos.

Se o seu carro é popular, menor será o seguro, menor será a taxa de IPVA, menos onerosa será a sua manutenção, menor será o seu desespero se alguém arranhá-lo. Assim vale para tantos bens, incluindo a sua casa. As pessoas sempre vão pensar no comprar e nunca no manter. É como ter uma impressora em casa. Ela tem um preço razoável, que em duas ou três prestações será quitada, mas o problema está nos cartuchos, ou seja, comprar é fácil, o difícil é mantê-la.

Menos será mais, porque a nossa tranquilidade, a nossa paz ou, se preferirem, a nossa felicidade pode ser inversamente proporcional à quantidade de bens que temos. E mais será menos, porque quanto maiores forem as nossas posses, menor será o tempo para dedicarmos àquilo que realmente deveria ter valor para nós.

Desapegar pode ser a palavra-chave que nos levará a uma vida minimalista. Não desejo com isso que pessoas se tornem desambiciosas. Mas que tenham a consciência, e possam refletir, de que tudo aquilo que desejamos e adquirimos tem um custo maior que o que calculamos no momento da compra.

AGIR, REAGIR OU ESPERAR?

Esperar é um verbo que pode ter dois sentidos. Um negativo e outro positivo. Esperar pode ser sinônimo de paciência, que é uma qualidade. As mudanças não acontecem da noite para o dia, e ser paciente e resiliente mostra que a espera é uma virtude.

Do mesmo modo, esperar pode ser visto como acomodação. Quem espera muito pode não alcançar o que deseja. Algumas pessoas, por exemplo, esperam uma situação perfeita para tomar atitudes. "Só vou começar a estudar quando tiver um computador"; "Só vou me casar quando a casa estiver pronta e toda mobiliada"; "Só vou tentar tirar a habilitação quando comprar um carro", e por aí vai...

Mais importante que esperar é agir. A ação é que vai nos mostrar se conseguiremos ou não alcançar o objetivo traçado. Se desejo mudar de emprego, é preciso agir, mas também planejar. Atualizar o currículo, fazer contatos, verificar as vagas disponíveis no mercado, estudar algumas empresas, enfim, pensar antes de agir.

Esperar que alguém bata à sua porta e lhe ofereça um emprego é quase impossível, digo "quase", porque se você realmente for um profissional excelente talvez isso possa acontecer. No mundo real as mudanças começam por nós: eu quero, eu preciso, eu planejo, eu executo, eu corro atrás.

No entanto, nem só planejamento e ação podem efetivar as mudanças que você deseja. Existe outra palavra importante que, em minha opinião, é fundamental para que tenhamos êxito, seja na vida pessoal, seja na vida profissional. Essa palavra é "reação".

Como reagimos diante das mudanças? Você foi demitido, como reagiu? Você foi reprovado, qual foi a sua reação? Você adoeceu, sofreu um acidente, recebeu um "não" de alguém ou de uma empresa, como reagiu diante das contingências negativas?

O poder de reação pode ser exemplificado numa partida de futebol. O time levou um gol, depois outro, mas o jogo não acabou, e está no intervalo. Jogadores e comissão técnica param, pensam, conversam e com alguma estratégia formulada, além de muita motivação, voltam ao gramado e viram o jogo.

Nem todos sabem reagir positivamente diante do fracasso, esquecendo-se que são derrotas e contingências negativas que nos fazem crescer, pavimentando o caminho para o sucesso. São os erros e as falhas que moldam a nossa experiência. É quando você diz: "Não vou agir dessa forma, porque errei e aprendi".

O modo como reagimos a tudo em nossas vidas é que faz a diferença. Sou a favor do planejamento, mas quando ele é só uma etapa do objetivo. Tem gente que passa a vida toda planejando. Sou mais a favor ainda da ação, porque ficar parado não vai te levar a lugar nenhum. Já a reação é mais que necessária. Ela nos mostra o quão estamos interligados ao ambiente e ao coletivo. Reagir é levantar a cabeça e agir novamente, sem nos preocuparmos com o que os outros vão pensar ou dizer.

QUEM É RIDÍCULO(A)?

Alguém está andando na rua e de repente vê um homem andando de mãos dadas com uma moça que aparenta ter menos da metade de sua idade. Filha? Neta? Sobrinha? Ou apenas uma namorada? Não importa, a frase que vai soar é: "Vejam que velho ridículo!"

Ridículo[65] no dicionário é aquilo que provoca riso ou quem tem aspecto espalhafatoso ou extravagante. Entre os diversos sinônimos que essa palavra apresenta encontramos "brega, cafona, esquisito e excêntrico". O que isso quer dizer?

Absolutamente nada. Se temos liberdade para sermos o que quisermos, por que nos importar com o que pensam os outros? Se

---

[65] RIDÍCULO. Disponível em: https://www.dicio.com.br/ridiculo/. Acesso em: 6 set. 2023.

você prefere escutar funk à música clássica, se gosta de se vestir com roupas coloridas ou se acha que é comum namorar alguém bem mais novo(a) que você, o problema é de quem?

Somos muitas vezes criados numa cultura em que ridicularizar o outro é comum. Se é diferente de mim, então é esquisito, é estranho, é vulgar. Todos querem e buscam ser iguais. São as mesmas roupas e marcas, são os mesmos penteados, as mesmas cores da moda, o mesmo projeto de vida, os mesmos medos e angústias. Todo mundo quer ser diferente, mas acaba sendo igual.

O ridículo foge do padrão. Ele ou ela não se importa com o que os outros vão pensar, sentir ou rotular. Vive a sua vida sem se preocupar com o olhar atento e crítico de pessoas que não significam nada em suas vidas. O ridículo é aquele que escuta a música com a qual se emociona, lê o livro que lhe convém, veste a roupa mais confortável e não se importa com a opinião alheia. Muitas vezes, ele age mais com a emoção que com a razão.

Por isso, quando andamos pelas ruas enxergamos facilmente o que julgamos "ridículo", porque todos são tão iguais que os diferentes acabam aparecendo e se destacando. O ridículo pode até não entender de moda, mas compreende que não estar na moda é ser livre. Liberdade, portanto, é viver a sua vida, sem olhar muito para os lados, porque a cada palavra negativa, cada olhar de censura, é um dia a menos de vida, especialmente para quem dá valor ao que o outro acha.

Talvez a psicologia explique melhor essa sensação que a pessoa tem quando o outro faz algo diferente. Talvez eu me veja no outro, querendo fazer o mesmo, mas com medo das críticas. Gostaria de ser diferente, mas não posso, porque minha família não aprovaria, porque meus amigos se afastariam ou porque alguém em algum lugar me veria como estranho.

Estranho, esquisito, extravagante, excêntrico ou simplesmente ridículo é aquele ou aquela que tenta se parecer com o outro porque não tem personalidade própria. Porque vive atrás de muros para se proteger da opinião alheia, que frustra os seus sonhos para viver os projetos de outrem.

Ridículo é deixar de viver a sua vida para viver a vida do outro.

POR QUE AMAR É TÃO DIFÍCIL?

Primeiro, precisamos definir o que é amar, para depois falarmos de amor. Amar[66] é um verbo transitivo direto, segundo o dicionário, que tem como principal significado "demonstrar amor".

Parece que é fácil entender, mas não é. Quando falamos em amor, logo nos vem à mente não o sentimento, mas a imagem das pessoas que amamos ou que julgamos amar, sendo mãe, pai, filhos, esposa, marido, amigos, cachorros, gatos, plantas e outros seres vivos...

Há quem diga que fazer o mal é mais fácil que fazer o bem. Nessa lógica, amar é mais difícil que odiar. Vamos tentar compreender. Se vimos uma pessoa na rua e desejamos fazer o mal a ela, não parece uma tarefa difícil. Podemos agredi-la verbalmente, com xingamentos e desejar-lhe coisas ruins. Podemos também a agredir fisicamente. Podemos ainda contar os segredos dessa pessoa, caso saibamos, ou quem sabe inventar mentiras sobre ela e propagá-las ao vento. Como é fácil ser ruim!

E o bem como o fazemos? Podemos oferecer ajuda a um idoso para atravessar a rua, mas ele pode não aceitar. Podemos oferecer flores a um desconhecido na rua? Podemos dizer ao outro como ele está bem-vestido ou elogiá-lo por sua beleza? Podemos abraçar alguém e dizer-lhe o quanto o amamos? Seria prudente contar os nossos segredos ao outro, mesmo sem conhecê-lo muito bem? Entre um sim e um não preferimos muitas vezes não demonstrar amor.

Para fazer o bem necessitamos pedir permissão. Parece estranho, mas antes de amar o próximo precisamos contar com o seu consentimento. Além disso, nunca teremos a certeza de que alguém que diz que nos ama está nos fazendo o bem ou que realmente nos ama. Pode ser falsidade. Já fazer o mal ou odiar parece mais óbvio. Ninguém finge que odeia o outro. Concordam?

Amar é mais difícil que odiar, porque quem odeia faz isso de cara lavada, sem se preocupar com as consequências. Amar dá mais trabalho porque precisa se provar que ama. Vejamos um relacionamento amoroso. Primeiro paqueras, depois conversas, saídas,

---

[66] AMAR. Disponível em: https://www.dicio.com.br/amar/. Acesso em: 6 set. 2023.

PERGUNTAS SEM RESPOSTAS

programas, conhecer os amigos, as famílias, até selar o namoro. "Eu te amo" e "Eu também te amo" oficializam que algo bom foi feito e que o amor existe, pelo menos em teoria.

Imaginemos então alguém dizer "Eu te amo" para o outro no primeiro encontro. Certamente quem ouviu não acreditou. Como ele ou ela me ama sem me conhecer direito, em tão pouco tempo? Tem alguma maldade por trás desse "Eu te amo"? O ódio é definido, o amor pode ser impreciso.

Nota-se que fazer o mal ou odiar é bem simples. Basta proferir palavras ou cometer atos que demonstrem o seu sentimento ruim. Já o amor precisa ser frequente, invisível, incansável, para ter o seu final feliz ou continuar sendo feliz enquanto dure. Chegar no horário marcado, ter paciência com o outro, escutá-lo, comprar um presente surpresa, não bagunçar a casa, buscar os filhos na escola, ser carinhoso(a), cuidar do outro na doença, incentivá-lo nas derrotas, sofrer junto, realizar sacrifícios, tudo isso requer tempo e demonstra amor recíproco.

Dizer "Eu te amo" é também importante, mas mostrar que ama é bem melhor, mas não é simples, e deve acontecer cotidianamente, sem expectativas.

Por isso, muitas pessoas desistem cedo, porque amar é difícil, envolve escolhas e decisões, perdas e ganhos, enquanto odiar parece descomplicado, porque o ódio é leve, líquido, fugaz, vai embora e deixa algumas marcas, mas com o tempo acabamos nos esquecendo dele, porque não vale a pena.

Vou sempre preferir o amor, porque é mais difícil, porque quando se conquista dá mais prazer e se torna mais duradouro e sólido. O amor, como dizia Drummond, "é privilégio dos maduros"[67].

VOCÊ FAZ A SUA PARTE?

Trabalho em equipe é o que os gestores mais desejam dentro das organizações e talvez seja o maior desafio deles. Cada um

---

[67] ANDRADE, Carlos Drummond de. *As impurezas do branco*. 4.ed. Rio de Janeiro: José Olympio, 1978.

fazendo a sua parte. Assim se dá a famosa "divisão do trabalho". Se um falta, erra ou negligencia o processo, o resultado não é alcançado de forma satisfatória.

Se no trabalho já é difícil conseguir a harmonia da equipe, imagina então na sua rua, no bairro, na cidade, na sociedade brasileira. Fazer algo em conjunto demanda tempo e principalmente boa vontade de cada parte. Sendo assim, se cada um fizer a sua, e bem-feita, o resultado mais provável é que o objetivo seja alcançado.

O problema é que geralmente alguns não fazem a parte que lhe foi destinada. Vamos aos exemplos. No início da pandemia do coronavírus era obrigatório, em algumas localidades, o uso de máscara em qualquer ambiente, fosse ele fechado ou aberto, público ou privado, e ainda assim muitas pessoas não faziam a sua parte, quer por desleixo, quer por não acreditarem que o vírus fosse fatal.

Quando estamos na academia lemos na placa de aviso: "Após o uso favor guardar os equipamentos". Qual(is) cliente(s) cumpre(m) o aviso? Da mesma forma acontece nas ruas. O sujeito coloca a mão para fora do carro e despeja o lixo em via pública. São entulhos nas calçadas, pessoas colocando fogo nas folhas que caem das árvores, outras depredando o espaço público, outras vendo e não denunciando, enfim, parece que ninguém quer muito fazer a sua parte, mas está sempre esperando que o outro faça.

Se pensássemos coletivamente, o trabalho seria mais prazeroso ou menos dificultoso. Fazer a sua parte implica ter empatia, ou seja, pensar no outro. Se eu não faço a minha parte, o outro fica sobrecarregado ou não consegue fazer a dele, e o resultado pode ser ruim.

Aquele que xinga o prefeito porque a cidade está suja tem feito a sua parte em não jogar lixo nas ruas? Aquele que cobra benfeitorias no município está pagando seus impostos em dia? Aqueles que reclamam da bagunça na academia têm feito a sua parte em voltar os equipamentos para o seu lugar? Quem tem questionado sobre o aumento de casos na pandemia está usando máscaras e evitando aglomerações?

Cada uma dessas perguntas deve ser feita olhando-se para dentro. Eu tenho feito a minha parte para melhorar a minha vida e a vida das pessoas com quem convivo? Seja no trabalho, na escola ou em casa, o que eu acrescento de positivo para que as coisas mudem?

Esperar a mudança do outro é sinônimo de comodismo. A mudança deve partir de cada um, pensando principalmente no coletivo.

Fazer a sua parte é essencial para que possamos viver numa sociedade mais justa, igualitária e na qual os resultados possam ser compartilhados por todos. Fazer a sua parte não é para falar que você faz, e sim para que as pessoas vejam em você o exemplo, e passem a imitá-lo. Afinal de contas, dizem que um exemplo vale mais que mil palavras.

A JUSTIÇA EXISTE?

Justiça é um substantivo abstrato, portanto não é concreto, palpável, tocável, tangível. Ela existe, mas só em nosso imaginário, porque se formos procurá-la em algum local não a encontraremos.

Escutamos em algum momento da vida alguém dizer: "Fulano fez justiça com as próprias mãos". O que ele fez? Onde estava a justiça no instante em que o ato foi cometido? Foi justo ou não? A justiça aconteceu ou não?

A justiça deve (ou deveria) ser cega; assim como a deusa Têmis tem os seus olhos vendados, nós também precisamos tê-los, para não olharmos um só lado e termos a sabedoria de decidir o que é justo ou não.

Não há um manual de justiça, ainda que legisladores, juristas, advogados ou quaisquer estudiosos insistam em dizer que é possível compreendê-la e, o que é pior ou mais difícil, praticá-la.

O juiz julga de acordo com os autos e o que interessa a todos é a motivação. Por que o crime foi cometido? Os juízes, advogados de defesa e promotores jamais saberão, porque a motivação é interna e só quem cometeu o ato pode sabê-lo, e talvez nem ele mesmo saiba.

Qual o objetivo do crime cometido? Precisamos ser racionais para podermos definir, mas o que é certo é que talvez nunca consigamos essa definição. A justiça (praticada em tribunais) erra, como qualquer um pode errar. Se errar é humano, eu posso errar, você também, e o juiz não? "Mas quem pode gabar-se de conhecê-la ou de possuí-la totalmente?"[68], pergunta André Comte-Sponville.

Não deve ser fácil a vida de um juiz. Chegar todos os dias em casa e não ter a certeza de que a justiça foi feita. Somos todos subjetivos. Quando você escuta alguém dizer "Não conheço beltrana, mas não vou com a cara dela" é racional? É objetivo? Certamente não. Quando você participa de uma entrevista de emprego, o entrevistador é objetivo ou subjetivo? Nunca vamos saber. Se ele foi com a sua cara, o emprego será seu. Mas o que a sua cara precisa ter para ser aprovado(a)?

O juiz, o entrevistador, o pai, a mãe, o chefe, todos eles tentarão ser justos, mas nem sempre vão conseguir, porque a justiça não é um objeto, definido, sólido. A justiça não é como um guarda-chuva, que ao abri-lo você estará protegido da chuva. A justiça talvez seja a própria chuva, que vai e vem, às vezes avisa, às vezes não. Mas ela sempre vai estar ali. Muitas vezes não vamos enxergá-la, mas a sentiremos de algum modo.

Alguns acreditam que a justiça é como a mudança ou como aquela roupa que achamos bonita. Deve ficar bonita só nos outros, em nós não. Ser justo é dividir em partes iguais. Ser justo é ter empatia. O quanto temos sido justos em nossas vidas? Dividimos mais ou acumulamos mais? Qual o nosso conceito de justiça?

Discutir se a justiça existe não é o mais importante. O que precisamos mesmo é tê-la dentro de nós e não nos livros ou tribunais. Se passarmos a olhar mais para dentro, certamente o que está fora se tornará mais belo. Justiça, portanto, não tem a ver com razão. E sim com emoção.

O QUE É A PAZ?

Geralmente quando desejamos feliz aniversário a alguém, dizemos "Muita paz, saúde e felicidade". Dessa tríade, o que conse-

---

[68] COMTE-SPONVILLE, André. *O pequeno tratado das Grandes Virtudes*. Tradução de Eduardo Brandão. São Paulo: Martins Fontes, 1999.

PERGUNTAS SEM RESPOSTAS

guimos melhor definir é a saúde, porque felicidade e paz exigirão de nós mais reflexão.

Para muitos, paz é somente antônimo de guerra. E no dicionário está assim. Quando não estamos em conflito, estamos em paz. Defendo que viver em paz é melhor que viver feliz. Talvez porque a felicidade é passageira, efêmera, momentânea, enquanto a paz é mais duradoura, lenta, contínua.

E por vivermos num mundo cada vez mais veloz, esquecemos da paz, que, contrária à felicidade, nos traz calma e tranquilidade. Isso porque a felicidade, para muitas pessoas, é sinônimo de movimento: viajar, curtir, comer, beber, reunir.

A paz de que eu falo não é ausência de guerra, é presença de espírito, de silêncio, de nada. Enquanto a maioria quer ser feliz, ter paz parece o desejo de poucos, talvez porque esses poucos já viveram em guerra, quer com os outros, quer consigo mesmos.

Estar em paz é sair na rua e não se preocupar com o aonde e sim com o quem. Se estou em boa companhia, que importância fará o lugar? Se estou bem comigo, qual importância tem a roupa, o perfume ou os olhares?

Para quem já viveu em guerra, consigo e com os outros, vai entender que voltar para casa pode ser uma das coisas mais felizes do mundo. Por quê? Porque ter para onde voltar é mais importante que se perguntar "por que eu não tenho uma casa melhor?". Num ambiente de constantes conflitos não há paz. E isso pode ser mais comum que acreditamos.

Imagine você indo dia após dia, de segunda a sexta, para um lugar no qual você não gostaria de ir. Esse lugar é o seu trabalho? Se sim, você não está em paz. Procure outro trabalho, outro modo de ganhar a vida, porque em breve estará doente, se já não estiver. Lembra-se da saúde de que falei no primeiro parágrafo? Pois é, paz tem a ver com saúde.

Do mesmo modo pense em você voltando para a sua casa num dia qualquer. É bom voltar para um lugar no qual você não é feliz? É sacrificante dividir o mesmo teto, a mesma cama, o mesmo banheiro? Quão doloroso é segurar a mão do seu parceiro e caminhar assim numa rua movimentada?

Lembra-se da felicidade de que falei no primeiro parágrafo? Pois é, paz tem tudo a ver com felicidade. Você não precisa estar rodeado de amigos, ou numa praia paradisíaca, para estar féliz basta ter ao seu lado alguém que você ama e em quem confia, e esse alguém pode ser você mesmo.

Não é o ambiente que precisa ser feliz ou estar em paz, mas sim você. Porque quando você descobrir que tem saúde, e que está em paz, talvez você enfim descubra o que é essa tal felicidade.

POR QUE DESISTIMOS?

Alguém pode dizer que desistir é para os fracos. E eu não vou concordar. Porque quando falamos de renúncias precisamos compreender o contexto no qual cada um vive. E isso não é muito simples.

Quando um palestrante ou um autor de livros motivacionais dizem que somente os fracos desistem, talvez eles mesmos tenham esquecido que desistir de algo é uma prática comum, e que isso não é condenável em muitas situações.

Desistir é renunciar, é abdicar-se de algo, que pode ser um desejo, uma vontade ou uma relação. Nem sempre conquistaremos tudo aquilo que desejamos e ter essa compreensão nos ajuda em nossa saúde mental, porque nem tudo pode ser nosso. Querer nem sempre será poder.

Mudar de opinião é uma possibilidade bastante real, principalmente quando a vida lhe mostra o contrário daquilo que você deseja, ou lhe dá sinais de que existem outros caminhos, outras oportunidades.

Desistir de um curso superior porque perdeu o emprego não fará de você um fracassado, mas alguém com responsabilidade, que honra seus compromissos financeiros, que consegue entender que um passo para trás pode significar dois para frente no futuro.

Mudar de ideia ou simplesmente desistir denota uma característica importante em você, flexibilidade. Mas alguém pode dizer: "Você precisa ser resiliente!" Sim, todos necessitamos ser. Concordo que é preciso enfrentar os obstáculos, mas entendo também que,

PERGUNTAS SEM RESPOSTAS

se for possível desviar de alguns, você poderá ganhar tempo. Isso é sinal de inteligência, pois pular o muro talvez seja menos doloroso que o quebrar com uma marreta.

O caminho é longo e você pode continuar nele, mas nada te impede de alterá-lo, correr em alguns momentos, parar em outros, conhecer pessoas interessantes, dar um tempo, curtir bons momentos, sorrir, brincar, trabalhar, estudar, tudo é possível numa mesma caminhada, dependendo sempre de como você percebe a vida. Afinal, a vida é um caminho, que em algum momento será encerrado.

Por isso, se você já desistiu de algo e se arrependeu, volte atrás, se for possível. Peça desculpas, ou perdoe quem também já desistiu de você algum dia. Vivemos momentos, fases, e nem sempre vamos pensar e agir da mesma forma durante a nossa caminhada.

Lembre-se de que mudar de ideia, de opinião ou de objetivo não vai definir que você é um derrotado ou que você não termina nada que começa. Mudar significa transformar. Sendo assim, se a sua vida está ruim ou está boa, se está monótona ou agitada, se está triste ou feliz, é você quem pode transformá-la, continuando ou desistindo, mas sempre mudando!

POR QUE NÃO PODEMOS TER TUDO QUE QUEREMOS?

Querer é poder? Constantemente me faço essa pergunta em minhas reflexões. Mas nunca consegui obter uma resposta definitiva. E isso é bom! Afinal, ter certezas muitas vezes nos faz errar o caminho e entrarmos numa rua sem saída.

Quando quero e a vida me proporciona oportunidades para alcançar o meu querer, querer é poder! Quando quero, mas a vida me vira as costas, querer não será poder, porque não dependerá só de mim.

Dessa forma, dizer a um jovem que ele precisa estudar, formar-se e ser independente na vida é muito fácil, especialmente se esse jovem pertence a uma família de classe média alta, bem estruturada, com várias possibilidades de um futuro promissor. Dizer a mesma frase para um jovem que mora numa favela, que precisa trabalhar o dia inteiro para se sustentar e à sua família, parece bem mais difícil. O querer tem que ser gigante, porque o poder é mínimo.

O cuidado que precisamos ter com essas frases de efeito e que os palestrantes adoram é ler o contexto em que elas são ditas. Posso alcançar tudo o que desejo? Não. Porque muitas coisas não dependem de mim. Os cenários mudam, e essa mudança pode apresentar um cenário novo para cada um de nós. Nesse sentido, posso mudar o meu querer, já que o que eu queria não se tornou viável.

Pode parecer confuso, mas não é. Quem deve definir o que você quer é você mesmo, ninguém mais! Alguém vai dizer que a sociedade nos coage a agir de certa forma. Concordo. Mas a nossa paz de espírito ou a nossa felicidade não pode estar nos outros, e sim dentro de nós.

As pessoas querem trocar de emprego ou de parceiros por que se sentem infelizes? Ou porque leram em algum lugar, assistiram à televisão ou ouviram um palestrante dizer que querer é poder?

É lógico que você pode se separar do seu parceiro ou mudar de trabalho quando bem entender. Isso te fará feliz? Talvez. Mas você já parou para refletir que não há empregos perfeitos, muito menos parceiros e parceiras? Todos temos defeitos, cometemos falhas, erramos.

Posso mudar de emprego cem vezes ou trocar de marido ou esposa outras cinquenta, o que vai acontecer? Nada. O que você quer ou quis fazer é mostrar aos outros que você pôde ou pode, mas vai descobrir com o tempo que, apesar de algumas mudanças serem necessárias, quem precisa mudar é você – seu modo de pensar e agir.

Os nossos relacionamentos e os nossos trabalhos não melhoram porque mudamos com frequência de um para o outro, mas porque amadurecemos durante a vida. O "eu" que achava uma afronta o parceiro deixar uma toalha molhada na cama, ou um colega de trabalho não devolver a caneta que pediu emprestada, hoje consegue perceber que o outro tem defeitos, mas também virtudes. Não foi o outro que mudou, foi você quem mudou a forma de ver as coisas e a vida.

PERGUNTAS SEM RESPOSTAS

O QUE A VIDA PRECISA TER PARA SER BOA?

Quando fazemos perguntas esperamos respostas. Respostas que nos satisfaçam. Que nos façam entender, compreender, solucionar. Assim é a vida. Uma eterna busca por definições, por padrões, por respostas curtas que nos permitam viver de modo mais fácil. Porque o que é fácil de entender é melhor.

O problema de perguntas como a do título é que elas não têm respostas prontas. Elas não podem ser estandardizadas; não é uma receita de bolo ou um manual para montar uma máquina. Não existe passo a passo definido, ou um tutorial que nos auxilie.

A minha vida para ser boa precisa de muitas coisas e ao mesmo tempo de nada. Preciso de paz, que no meu pensar é mais relevante que felicidade. Preciso também de felicidade, mas necessito encontrá-la dentro de mim, e não fora. Desejo coisas materiais, para que me possam ser úteis. Desejo pessoas boas e sábias, com quem eu possa conversar. Não desejo saúde, porque a tenho, mas a sua permanência dentro de mim.

A vida para ser boa, antes de tudo, precisa não precisar. Porque se precisa é porque não tem. E é daí que surgem os desejos. E esses são muitas vezes cruéis, porque nunca serão alcançados, ou porque nunca foram seus e sim da sociedade na qual você vive, ou porque você descobre que a luta para os alcançar não valia ou vale mais a pena.

A vida, para não ser boa, precisa exatamente daquilo que você tem hoje. Achar que os outros são melhores, que para vencer não basta se preparar, basta ter sorte. É pensar que o belo está nas coisas e não nas relações. É acreditar que o passado e o futuro são mais importantes que o presente. É viver a vida do outro e não a sua. É esperar que algo vá acontecer...

O problema da espera é que muitas vezes ela não chega. É o táxi em dia de chuva, é o mecânico quando o pneu do carro fura, é alguém para abraçar quando se precisa de um ombro amigo. "Espero que bons dias venham e me tragam o que eu sempre mereci". Falo isso sentado em minha cadeira de balanço, enquanto o barulho da rua incomoda o meu sonhar.

Se estamos doentes, um pouco de saúde é o que precisamos para a vida ser boa. Se estamos sozinhos, talvez um pouco de atenção e de carinho é o que vamos precisar. Se estamos em guerra com os outros, mas principalmente com nós mesmos, a paz vai tornar a minha vida melhor. É o que precisamos para a vida ser boa.

Compreender o momento, se conhecer um pouco, olhar para o outro com empatia, agir mais que planejar, sentir mais que ter razão... São conselhos importantes para alguém que busca uma vida boa, ainda que a vida boa só exista em nossa imaginação.

REFERÊNCIAS

ABSURDO. Disponível em: https://www.dicio.com.br/absurdo/. Acesso em: 4 set. 2023.

ALVES, Rubem. *A alegria de ensinar*. 3.ed. São Paulo: ARS Poética, 1994.

ALVES, Rubem. *Entre a ciência e a sapiência*: o dilema da educação. São Paulo: Edições Loyola, 1999.

ALVES, Rubem. *Rubem Alves essencial*: 300 pílulas de sabedoria. São Paulo: Planeta, 2015.

AMAR. Disponível em: https://www.dicio.com.br/amar/. Acesso em: 6 set. 2023.

ANDRADE, Carlos Drummond de. *As impurezas do branco*. 4.ed. Rio de Janeiro: José Olympio, 1978.

ARISTÓTELES. *Ética a Nicômaco*. Tradução de Leonel Vallandro e Gerd Bornheim. São Paulo: Nova Cultural, 1987.

ARISTÓTELES. *Política*. São Paulo: Martin Claret, 2007.

BAUMAN, Zygmunt. *Modernidade líquida*. Rio de Janeiro: Zahar, 2001.

BAUMAN, Zygmunt. *Amor líquido*: sobre a fragilidade dos laços humanos. Rio de Janeiro: Zahar, 2004.

BÍBLIA. *Bíblia Sagrada*: nova tradução na linguagem de hoje. São Paulo: Paulinas, 2005.

BUDA. Disponível em: https://citacoes.in/autores/buda/. Acesso em: 5 set.2023.

CAMPANELLA, Tommaso. *A cidade do Sol*. Tradução e notas de Aristides Lobo. São Paulo: Abril, 1974. (Coleção Os Pensadores).

COLABORADOR. Disponível em: https://www.dicio.com.br/colaborador/. Acesso em: 4 set. 2023.

COMTE-SPONVILLE, André. *O pequeno tratado das grandes virtudes*. Tradução de Eduardo Brandão. São Paulo: Martins Fontes, 1999.

COMTE-SPONVILLE, André. *A felicidade, desesperadamente*. Tradução de Eduardo Brandão. São Paulo: Martins Fontes, 2001.

CULPA. Disponível em: https://www.dicio.com.br/culpa/. Acesso em: 5 set.2023.

DAVE WEINBAUM. Disponível em: https://citacoes.in/citacoes/573863-dave-weinbaum-se-voce-nao-puder-se-destacar-pelo-talento-venca/ Acesso em: 4 set.2023.

DUCKWORTH, Ângela. *Garra*: o poder da paixão e da perseverança. Rio de Janeiro: Intrínseca, 2016.

DUHIGG, Charles. *O poder do hábito*: porque fazemos o que fazemos na vida e nos negócios. Tradução de Rafael Mantovani. Rio de Janeiro: Objetiva, 2012.

DWECK, Carol. *Mindset*: a nova psicologia do sucesso. Tradução de S. Duarte. São Paulo: Objetiva, 2017.

EM 2017, expectativa de vida era de 76 anos. *Agência IBGE Notícias*, 29 nov. 2018.Disponível em: https://agenciadenoticias.ibge.gov.br/agencia-sala-de-imprensa/2013-agencia-de-noticias/releases/23200-em-2017-expectativa-de-vida-era-de-76-anos. Acesso em: 5 set. 2023.

ENGELS, Friedrich; MARX, Karl. *Manifesto comunista*. Tradução de Álvaro Pina. São Paulo: Boitempo, 2002.

EPICTETO. *Manual para a vida*. Enchiridion de Epicteto. Tradução de Edson Bini. São Paulo: Edipro, 2021.

ESCRAVO. Disponível em: https://www.dicio.com.br/escravo/. Acesso em: 4 set. 2023.

GOMES, Laurentino. *Escravidão*: do primeiro leilão de cativos em Portugal à morte de Zumbi dos Palmares. Rio de Janeiro: Globo Livros, 2019. (v. 1).

HARARI, Yuval Noah. *Sapiens*: uma breve história da humanidade. São Paulo: Companhia das Letras, 2015.

HERÁCLITO DE ÉFESO. *Os pré-socráticos*. Tradução de José Cavalcanti de Souza *et al.* São Paulo: Nova Cultural, 1996 (Coleção Os Pensadores).

HOLANDA, Sérgio Buarque de. *Raízes do Brasil*. São Paulo: Companhia das Letras, 1995.

HORÁCIO. *Odes*. Tradução de Pedro Braga Falcão. Edição bilíngue. São Paulo: Editora 34, 2021.

INGENIEROS, José. *O homem medíocre*. Tradução de Lycurgo de Castro Santos. 2.ed. São Paulo: Ícone, 2012.

MORAES, Vinícius de. Receita de mulher. *In*: MORAES, Vinícius de. *Novos poemas*. Rio de Janeiro: Livraria São José, 1959. v. II.

MORAES, Vinícius de; TOQUINHO. *Aquarela*. Ariola, 1983.

MORE, Thomas. *A utopia*. Tradução de Pietro Nasseti. São Paulo: Martin Claret, 2005.

MOREIRA, Adilson. *Racismo recreativo*. São Paulo: Pólen, 2019.

NERUDA. Disponível em: https://citacoes.in/citacoes/567879-pablo-neruda-voce-e-livre-para-fazer-suas-escolhas-mas-e-prisi/. Acesso em 5 set.2023.

PARCERIA. Disponível em: https://www.dicio.com.br/parceria/. Acesso em: 4 set. 2023.

PERDÃO. Disponível em: https://www.dicio.com.br/perdao/. Acesso em: 4 set. 2023.

PLATÃO. *Apologia de Sócrates e Banquete*. São Paulo: Martin Claret, 2002.

PROTAGONISTA. Disponível em: https://www.dicio.com.br/protagonista/. Acesso em: 5 set. 2023.

QUINTANA, Mario. *Poesia completa*. Rio de Janeiro: Nova Aguilar, 2005.

RANGEL, Alexandre. *As mais belas parábolas de todos os tempos*. São Paulo: Leitura, 2003. v. 2.

RELACIONAMENTO. Disponível em: https://www.dicionarioetimologico.com.br/relacionamento/. Acesso em: 5 set. 2023.

RESPEITO. Disponível em: https://www.dicio.com.br/respeito/. Acesso em: 4 set. 2023.

RIBEIRO, Djamila. *Pequeno manual antirracista*. São Paulo: Companhia das Letras, 2019.

RIDÍCULO. Disponível em: https://www.dicio.com.br/ridiculo/. Acesso em: 6 set. 2023.

ROCHA, Ruth. *Fábulas de Esopo*. São Paulo: Melhoramentos, 1986.

ROSSEAU, Jean Jacques. *Discurso sobre a origem e os fundamentos da desigualdade entre os homens*. Tradução de Maria Ermantina Galvão. São Paulo: Martins Fontes, 1999.

SAINT-EXUPÉRY, Antoine de. *O pequeno príncipe*. 48. ed. Rio de Janeiro: Agir, 2009.

SARAMAGO, José. *O conto da ilha desconhecida*. São Paulo: Companhia das letras, 1998.

SARTRE, Jean-Paul. *O existencialismo é um humanismo; A imaginação; Questão de método*. São Paulo: Nova Cultural, 1987. (Coleção Os Pensadores).

SHAKESPEARE. Disponível em: https://citacoes.in/citacoes/851465-william--shakespeare-sofremos-demasiado-pelo-pouco-que-nos-falta-e-aleg/. Acesso em: 4 set. 2023.

SOARES FILHO, Eduardo V. de Macedo. *Como pensam os humanos*: frases célebres. São Paulo: Leud, 2016.

VAIDADE. Disponível em: https://www.dicio.com.br/vaidade/. Acesso em: 6 set. 2023.

VOLTAIRE. Disponível em: https://super.abril.com.br/coluna/superlistas/8-frases-iconicas-que-nunca-foram-ditas. Acesso em: 4 set. 2023.

VOLTAIRE. Disponível em: https://super.abril.com.br/ideias/se-deus-nao--existisse-seria-necessario-inventa-lo-voltaire. Acesso em: 5 set.2023.

WAYNE DYER. Disponível em: https://citacoes.in/citacoes/576053-wayne--walter-dyer-mude-o-modo-que-voce-olha-para-as-coisas-e-as-coi/. Acesso em: 5 set.2023.

WILDE, Oscar. *O retrato de Dorian Gray*. Rio de Janeiro: L&PM, 2001.